街と相良《ソーラ》さんの四季

柘植由紀美

CHOEISHA

街と相良《ソーラ》さんの四季　目次

街と相良《ソーラ》さんの四季

春　街とホウレン草

街にはスーパーマーケットもたくさんありますが、相良《ソーラ》さんは好んで近くの青空市場に行きます。市場は、朝の八時にはテントを張り、野菜や果物が山になって並びます。テントごとに主人や奥さんがいて、ぐるりと並べた野菜や果物の真ん中にどちらかひとりが立って客に対応します。

その朝相良さんは、ズックの手提げ袋を持って、ふだんいちばんよく利用する店の前を足早に通り過ぎようとします。

「やあ、おはよう、ソーラさん」

主人のボナさんが相良さんを呼びとめたのですが、相良さんはちょっとふり向いて笑顔を送っただけでかまわず通り過ぎます。相良さんの目には、もっと先のテントの下に山盛りにされているホウレン草が瑞々しく朝日をあびているのが映っています。すでにひと塊の奥さんたちが順番を待って主人と口々に会話を交わしています。

「春の女神さまは赤ん坊のように柔らかくておいしそうだわ」

「そうさ！　ウチのホウレン草は、今朝の採れたて生まれたてなのさ！」

主人は手提げ用のビニール袋にホウレン草をつめ込みながらすかさず応じます。

「土を洗い流すのがちょっと手間だけど、一度にゆでて冷凍しておけばいつでも使える」

「そうさ！　生まれたてをそのまま冷凍保存さ！」

主人はつめ込んだ袋を秤にかけてチンとレシートを打ち出します。

「スーパーにはないわね、こんなに新鮮なホウレン草は」

「ほんとうにねえ、わが家ではサラダでもいただくのよ、オイルをかけて」

「おや、まあ！　サラダで！」

奥さんたちはみな大柄で装いも派手です。朝の市場にやってくるだけなのにしっかりと口紅も塗っています。小柄な相良さんが奥さんたちの後ろに並ぶと、相良さんのところだけが谷間になって窪むほどです。相良さんは集まってくる奥さんたちに比べると地味な装いですが、断髪のあざやかな黄色い髪の毛がちょっと人目を惹くのです。

順番を待つ相良さんは奥さんたちの会話を聞きながら主人の手元を見つめています。どの奥さんもビニール袋いっぱいにつめ込まれるホウレン草に、「多すぎる！」とは誰も言いません。みんな当たり前のように大きな主人の手で鷲づかみにされてつめ込まれるホウレン草を待っています。

相良さんの番がくると、主人はちょっと新顔を見る目で手を休めます。

「ホウレン草かい？」

「そう、ホウレン草をください！」

主人はビニール袋の口を開けると、ひとつかみ、ふたつかみと鷲づかみにしてつめ込んでいきます。ちょっと多いかな、と相良さんは思いますが、機械仕掛けのように動く主人の手を止めることができません。あっという間にチンとレジの鳴る音がして、相良さんの手にずっしりと重いビニール袋が渡されます。相良さんは支払いを済ませて主人に会釈すると背を向けます。

「よい一日を！」

主人の声が背後から呼びかけます。

相良さんはボナさんのテントまで戻って足を止めます。主人のボナさんにビニール袋を持ち上げて見せると、ボナさんは「何だ、ホウレン草かい」と気のない顔をします。相良さんはテントの中にぐるりと並べられた野菜や果物を見渡します。ボナさんのテントは、野菜も果物も多様に並べられていて、少しずつ必要なものを手に入れるのに便利にできています。だからさっきのホウレン草のテントのように、その日の目玉商品で客を集めることはほとんどありません。ボナさんはいつ見てもゆったりと構えていて、顔見知りの客が店の前を通りかかると、声をかけてすかさず笊《ざる》をぴゅっと投げてよこします。笊はどのテントでも使っていて、客が品物を選んで入れ、最後に店の主人に渡して計算をしてもらうのです。スーパーでは手提げの籠やカートを使いますが、テント市場では笊を手にして果物や野菜を入れるのです。

「今日はひとりかい？　ノマさんはどうしたんだい？」

ボナさんは、相良さんの相棒の野馬《ノマ》さんがいないことに気づいて訊きます。

「ノマさんは今朝早くに郊外に出かけたの。今日は郊外で写生ですって」

相良さんは、早くも夕方戻ってくる野馬さんが、どんな写生を持ち帰るのか想像するだけで楽しくなります。ボナさんは以前、野馬さんが絵を描くことを知ると、「ムッシュー・ノマ」とフランス式に呼びかけてテントの前に出てきて握手を求めたことがあります。ボナさんの風貌は、テント市場の主人というより、どこか野営中の古武士を思わせたものです。野馬さんは大いに照れて、大柄な体軀を小柄な相良さんの後ろにしきりに隠そうとしたものです。

念入りに店先を見渡すと、相良さんは赤と黄色のパプリカをひとつずつ笊に入れてボナさんに渡します。

「何だ、今日はホウレン草が主役だな」

ボナさんは苦笑しながらふたつのパプリカを秤にかけたあと、紙袋に入れてレシートといっしょに渡してくれます。相良さんはズックの手提げに入れて支払いを済ませると、「それじゃ、また」と言って背を向けます。

「ムッシュー・ノマによろしく！」とボナさんも呼びかけます。

石の建物に囲まれた四角い広場は、日曜日を除いて毎朝八時から午後の二時近くまで広場いっぱいにいくつものテントが張られて市場になりますが、午後の三時には店は跡形もなく消えます。街の清掃車が来て、散乱した野菜くずや果物の皮や、ダンボールの切れ端をかき集め収集します。

最後は放水して地面の敷石はピカピカに磨かれます。広場の光景は、一日を見ごとに二分して人びとの生活の中に溶け込んでいるのです。

中庭に面した三階の部屋に戻ると、相良さんはさっそくホウレン草を小さなキッチンで洗い始めます。二度、三度と水を代えて洗っても、まだ土が洗い桶の中に沈みます。くり返し洗いつづける相良さんの目に、ホウレン草はいつの間にか、昔、田のあぜ道や野の草むらで摘んだ蓬《よもぎ》の若芽になり、裏山に自生していた朴《ほお》の木の葉になり、こねた米粉やつぶ餡《あん》や蒸し器から上がる湯気になって漂うのです。湯気の向こうには野良着の相良さんのお母さんやお祖母さんがいて、ふたりとも頭に手拭いをかぶって笑っています。……

やがて笊にあげたホウレン草の山に気づいて相良さんは自分をとり戻します。

「たっぷりとゆでて今夜は新しいオイルでいただくからね！」

ホウレン草に呼びかけると相良さんは中庭に面した窓辺の椅子で少し休みます。四角く囲われた中庭は駐車場であり、物置き場であり、表通りからは見えない生活のにおいや気配があって雑然としています。向かいの建物の向こうには街の南方に広がる丘陵地帯の峰がうっすらと線を引いています。日々石の街で過ごす相良さんにとって、中庭の向こう側に望める丘陵地帯の穏やかな稜線は、はるか遠い記憶の底につながる野のクニの入り口にもなるのです。相良さんにとってはもう戻ることのない、ただ記憶の底に生きつづけるだけの場所なのです。

ひと息入れると相良さんは、愛用のリュックを背にして再び街に出ます。その日は午後に街の学校で二時間の授業を聴く予定がありますが、それまでは何をしていてもかまいません。相良さんの足はいつの間にか古書街に向きます。相良さんにとって古書街は、何か目的があって本を探すための場所ではありません。すでに始まりの枠組みからは外れて、どこをどのようにくぐってきたのか分からない本たちが、そこに在ることの不思議さもろとも、何ごとかものを言いそうな気配でじっと黙している、その通りの空気にふれるのが好きなのです。

古書街に入ると、相良さんの歩みはゆるみます。アーケードの下に一間ほどの間口で雛壇の棚を組んで本を並べた屋台ふうの店がずらりと並んでいます。ちょうどひとつひとつが紙芝居小屋の趣で並んでいるのです。店の持ち主は、紙芝居小屋めいた店の前の向かい側に椅子を置いて座っています。中には隣同士の主人が台を置いてチェスをしていたり、新聞を広げて気難しげに眉間に皺を寄せている主人がいたり、アルバイトふうの若い店番がいたり、通り過ぎていく人びとをただぼんやりと見ているだけの主人がいたりします。

「やあ、ソーラさん、久しぶりだね」

とある「小屋」の奥から声がして、相良さんはきょとんとして立ち止まります。あたりを見回しますが誰もいません。少しして「小屋」の後ろから出てきたのは、丸縁の鼻眼鏡をしたトンドさんです。

「今日は何を探しているんだい?」

小柄なトンドさんは、同じく小柄な相良さんとちょうどいい具合に向かい合って話しかけてきます。

「いいえ、何も。いつものことですけど、何も……」

「よく飽きないねえ。何か探しているわけでもないのに」

トンドさんは丸縁の鼻眼鏡の上から相良さんを見てにこにこと嬉しそうにしています。そしてふと思いついたふうに「小屋」の裏側に戻って再び出てくると、二巻本になった新書判サイズの本を手にしています。表紙にカラー刷りの絵が額縁の中に描かれていて、おとぎ話を集めた本のように見えます。ところどころ染みになっていますが、表紙の色刷りはまだあざやかさが残っていて見ているだけで楽しい。相良さんは手にとって本の中をパラパラと開けてみたりしてしばらく眺めています。相良さんも名前を知っている作家がまとめたおとぎ話の本です。このクニの各地に古くから伝わるおとぎ話を、その作家の収集と選択と編集でまとめてあります。

「ソーラさんが持っているとちょうどいいと思うがね」

トンドさんは、いかにも相良さんに似合いの本だと言いたげです。

「そうねえ、カラーの表紙がかわいくて気に入ったわ。いくらなの？」

相良さんはごまかしちゃだめよとトンドさんの目をじっと見ます。

「もちろんさ、まけとくさ！」

トンドさんの言う値段は相良さんにも納得のいく値段だったので、相良さんは本をリュックに入れて支払いをします。トンドさんはとても満足して相良さんに握手を求め、「よい一日を！」

と別れのあいさつをします。「じゃあ、またね」相良さんもちょっと手を上げて応えると、通りをさらに進んでいきます。

古書街では本を探すために歩いているわけでもないのに、相良さんはいつもこうなのです。まるである種の本が相良さんを待っているかのようでさえあります。

古書街はその街の最も古い歴史を遺している通りであり、路面電車の通る広い道路をはさんで両側に建ち並ぶ建物も歴史的建造物が多く、街が管理をしています。だからさすがに通りにはスーパーマーケットはなく、何代にもわたって受け継がれてきた老舗が多いのです。

相良さんの背中のリュックの中で、二巻本につめ込まれた森の妖精や小動物や鳥たちが、街にハイキングに連れ出されて目を白黒させているのではないかと相良さんは思います。その日相棒の野馬さんが出かけている郊外には森はあるのだろうか。野馬さんはいつもひとりで出かけていき、何枚かの写生を持って帰ってきます。相良さんは野馬さんの写生を見て、その日野馬さんがどんなところを歩いたのかを知ることになります。たいていは、民家や畑や放し飼いにされているヤギやトリの絵が多いのです。森は畑や民家の遠景になって、ほとんど霞の中に紛れているのを想像するだけです。

古書街を通り抜けると、相良さんは授業の時間が近づいていることに気づいて学校のある方向に向かいます。この街では誰でも自由に授業を聴くことができるのです。相良さんは授業への好奇心もありますが、それ以上に、大教室の片隅に若い学生たちに交じって座っているのが好きなのです。

たっぷりと授業を聴き、心地よい疲労感を引きずっての帰り道、相良さんは朝来た市場の前を通りかかります。もう市場はなく、磨き上げられた敷石の四角形の広場に変わっています。ボナさんたちはどこに消えてしまうのだろう。広場にある噴水から間断なく流れ落ちる水の音だけが聞こえています。ホウレン草を山のように盛り上げて袋につめ込んでいたテントも、跡形もなく消えています。毎朝石の建物に囲われた、まるで定規で線を引いて仕切ったような広場を埋め尽くし、あふれるほどの人と自然の息吹きは、いまではどこに消えてしまったのだろう。相良さんには、この街では人や自然は借り物で、堅固な石の建造物こそが街の主体者であるように思えます。人や自然はその間隙を借りていっとき息をしているにすぎないのではないか。街路樹や道路脇の花壇や樹木の公園は確かにあるのですが、いかにも人の手によって街に添えられた自然でしかないのです。

相良さんは、噴水から流れ落ちる水の音にじっと耳を澄ませて立ち止まっています。明日の朝になれば、またボナさんたちはここに戻ってくる。やがてそう思うと相良さんは、アパートへと向かいます。

ホウレン草はいま、大鍋の湯が沸騰するのを待っています。食卓にはテーブルクロスがかけられ、パンの籠とスープのカップがふたつと二枚の皿とフォークとナイフとそして箸が一膳置いてあります。

相良さんはそろそろ野馬さんが帰ってくる時間だと気にかけながらキッチンで夕食の仕度をしています。ホウレン草をゆで、さっと水に浸して軽くしぼる。ザクザクと大きく刻んでたっぷりと大皿に盛る。時間をかけて火で焙《あぶ》った赤と黄のパプリカも縦長に割いて添える。常備のハムやチーズもありますが、ボナさんの言葉どおりホウレン草が主役の食卓です。相良さんには手の込んだ料理はできません。自然の素材をほとんどそのまま食べるだけです。相良さんは食の文化を受け継ぎ、身につけるチャンスに恵まれなかったし、あえて自分から求めようともしなかったからです。というのも、相良さんは、どこに根付くということもなく転々と暮らしてきたからです。

ドアの呼び鈴が鳴って相良さんはいそいそと入り口に出ていきます。くぐもった野馬さんの声がドアの向こうに聞こえます。

「ハイハイ、いま開けますよ」

相良さんは言いながらガチャリと鍵を解いてドアノブを引きます。すると、相良さんの目の前を丸く膨れあがった大風呂敷が覆いかぶさるように塞いでいるではありませんか！

「助けてくれ！　息が切れそうだ……」

あえぎ声をあげ、首を突き出して、中に押し入ろうとする野馬さんの姿がようやく相良さんの目に入ったのです。後ろで膨れあがった大風呂敷が入り口に引っかかって入るに入れないのです。

野馬さんの首はいっそう締め付けられ、「助けてくれ！　苦しい……」と、いまにも息が絶えそうです。

「まあ！　何てことなの！」

動転した相良さんは、大風呂敷を押したり引いたりしますがウンともスンともしません。野馬さんは、相良さんが右に回りひと押し、左に回ってひと押しと交互にひと押しするごとにさらに背を丸めて中へ引き込みます。ふたりは三度、四度と声をかけ合って押しては引き、押しては引いて、ようやく野馬さんは大風呂敷もろとも部屋の中にころがり込んだというわけです。

「わあ、やったぞ！」

床に座り込んで首にくい込んでいる結び目をやっとの思いでほどくと、野馬さんは息を吹き返します。

相良さんは急いで大風呂敷を開けてみます。何と、ホウレン草が海のように広がってこぼれ出てきたではありませんか！

「まあ、何てことでしょう！」

相良さんは絶句して、ただ目を丸くするばかりです。

「そうさ、目の前にホウレン草の畑が広がっていたのさ。そばの農家に訊くと、わずかな金でいくらでも採っていいっていうのさ。おまけに風呂敷までくれてさ」

馬面の野馬さんの目は澄んで、生き生きと輝いています。

「言葉で言えないくらいに懐かしかったよ。昔の野良仕事を思い出してさ……」

野馬さんの脳裏には、人生の大半を暮らした田園の生活が走馬灯のように廻っているのです。田畑を耕し、稲や野菜をつくり家畜の世話をして、四季折々に移り変わる野山の景色とともに暮らした時間こそが、野馬さんの人生そのものだったのです。その野馬さんを相良さんは相棒に選び、手を引いて海を渡ってきたのですから、相良さんの胸も痛むというものです。それでも相良さんは気をとり直して訊いてみます。

「でも、今日は写生もしたんでしょう？」

「今日は描かなかったよ。とてもそんな時間はなかったからさ」

野馬さんは相良さんの問いかけを一蹴して、訊くまでもないことさといった風情でとり合いません。相良さんは少しがっかりしましたが、それでも野馬さんがこんなに嬉しそうに話すのは久しぶりのことだと思うと、写生のことはもう口にしません。「今日はやっぱりホウレン草が主役だわ」と、ひとり言を口にしただけです。

「ねえ、ソーラ、もう戻ろうよ、あの野のクニへ……」

ふいに野馬さんの口癖が洩れて、相良さんは肩を落とします。野馬さんの口癖が昂じないうちに野馬さんの関心をどこか別のところに移さないといけない。相良さんはじっと思いを凝らします。そしてリュックの中に入れたままの二巻本のことを思い出したのです。相良さんはさっそくリュックから取り出してきて、野馬さんの目の前に差し出します。

「今日、見つけた本よ」

カラー刷りの絵のある表紙を見ると、案の定野馬さんの目は輝き、さっそく手にとってパラパラとめくり始めます。そして野馬さんは、すっかり夢中になったのです。

その夜、相良さんは夢を見ます。

窓際に移して広げたホウレン草は、まだ土がついたままで葉の緑は次第に濃くなっていき、丈も伸びていっていっそう膨れ広がっていきます。ホウレン草たちはさかんに息をしていて、ミシミシと音をたてて膨れあがっていき、あっという間に部屋いっぱいを埋め尽くしてしまいます。濃い緑の草いきれが部屋中に満ち、空気はホウレン草に占領され、相良さんの吸う空気は薄くなっていくばかりです。相良さんは、早くホウレン草をキッチンで洗って笊にあげ、大鍋に湯を沸かさなくてはとあせるのですが、部屋はホウレン草に占領され、キッチンまで行くことさえできません。相良さんはホウレン草をかきわけかきわけ、額に脂汗をにじませて格闘するのですが、どのようにしてもキッチンまでたどり着けないのです。いよいよ追いつめられた相良さんは、ついにあらん限りの力を振りしぼって声を上げます。エイッ！　自分の声で相良さんは夢から覚めて跳ね起きます。「ああ、夢だった」と薄暗がりの中で目を開いて窓際のほうを見ると、広げたホウレン草は山になって静かに息をしています。部屋を占領してはいないけれど、ホウレン草は確かに外の夜気に呼応するかのように、ミシミシと呼吸をしつづけています。相良さんは呆然と窓際に目を凝らします。

すると隣のベッドで野馬さんの口から寝言が洩れたのです。

「ねえ、ソーラ、もう戻ろうよ、あの野のクニへ……」

なおも目を見開いている相良さんの、黄色い髪の毛だけが薄闇の中で光っています。

夏　街とサングラス

街にはサングラスの人が増えています。

老いも若きも競ってサングラスをかけ始める街は、夏の太陽を待ち望んで逸る心を抑えきれないようです。目は確かにグラスの奥にあるはずですが、ほんとうに目があるのかどうかは、まったく判りません。真黒いサングラスが街を闊歩し始めると、人はにわかに自分だけの世界を手にしようとします。見られることなく、一方的に自分だけが見ることのできる世界を手にして、人は世界の主人公になるのです。タクシーの運転手しかり、テント市場の主人しかり、コーヒースタンドのボーイしかり、新聞スタンドの店番しかり、街角のアコーデオン弾きしかり……。客商売の人までがまるで悪びれることもなく、真黒いサングラスの愛用者に変身するのです。

ある朝、相良《ソーラ》さんは、リュックを背にして朝一番の学校の授業を聴くために街に出ます。前夜、夏の前触れのようにいっとき激しく降った雨は、石の舗道にその名残りを留めているだけです。まだ太陽は顔を出していませんが、澄んでカラリとした空気はその日の快晴を間違いなく告げています。授業のある建物は、アパートの前の電車通りを二区間ほど直線に行って交差点を右折し、さらに二区間ほど行く方向にあります。その対角線上を建物と建物の間を鉤の手にジグザグに行くのが相良さんの行き方です。碁盤の目のように大小の通りで仕切られているこの街では、めざす方向さえ定まっていれば、通り道は自分だけの通路になるのです。相良さんは鄙びた中世の教会の前を横切り、間口の狭い猫の額ほどの八百屋の店先に並び始める夏野菜を横目に見て、まだシャッターを下ろしたままの電器店を回り込み、前方の交差点の一角にあるコーヒースタンドから漂ってくるコーヒーの香りにちょっと足を止め、すぐにまた迷うことなく目的の方角をめざします。まだ人の動きがほとんどない生活道路から抜け出して電車と自動車の走る大通りに出ると、信号のある交差点まで進みます。勤め人ふうの男性や、若い学生ふうの男女が信号待ちをしているところに相良さんも加わります。めざす建物はもう大通りの向こう側に見えています。同じ並びの少し先にある教会の塔の時計の針は、八時十分前を指しています。まだ建物前には人影はありません。相良さんは今朝も一番乗りだと思って息を弾ませます。

ところが、建物の正面玄関に上る広い階段の前の鉄柵に異変が起きています。南京錠を開けに下りてくる職員の姿はなくて、その南京錠をぐるぐる巻きにして鎖がとりつけられ鍵がかかっています。その横にはポスター大の紙が貼られています。

学校はオレのものだ！
学校をカラにするぞ！

完全なるカラの学校はオレのものだ！

相良さんが顔を上向けて階段の上の玄関に目をやると、ガラス扉がすっと押し開けられます。ハンドマイクを手にした若者がひとり出てきて階段を駆け下りてきます。まだ太陽が顔を出しているわけでもないのに、若者は丸縁の真黒のサングラスをかけています。

「やあ、おはよう！　今日は学校は休みだよ」

無精ひげの口元に白い歯を見せて若者は相良さんに告げます。相良さんが異邦人で大人子どものような妙な風采であることにちょっと気勢を削がれて言葉遣いがやさしい。しかしハンドマイクを持ち上げると、唖然としている相良さんの頭越しに叫んだのです。

「今日はオレがこの学校を占拠する！　オレだけの学校だ！　学生も教員もこの建物に入ることは断じてできないぞ！」

相良さんがふり向くと、後ろには八時からの授業のためにやってきた学生や教員らしい姿が集まり始めています。向き直って相良さんは頭上の若者に大真面目に問い返します。

「学校は先生や学生がいるから学校なのよ。こんな大きな建物だけをひとり占めにしたって、そんなのはもう学校じゃないでしょう!?」

サングラスの奥にどんな目をした若者がいるのか分からない苛立ちをつのらせます。しかし若者は、足下の小人のような異邦人には目もくれず、臆することなくさらにハンドマイクに声を吹き込みます。

「学校をカラにするんだ！　完全なるカラの学校はオレのものだ！」

「学校の建物は他にもあるぞ！　どうしてこの建物なんだ！」

相良さんの背後から男の学生らしい力のある声が飛びます。この街では学校の建物は分散しています。たいていは牢固とした歴史のある建物が学校として利用されているのです。

「旧い建物はダメだね！　最初から学校として建てられた一番新しいこの建物こそ、オレが占拠したい建物なのさ！」

「旧い建物のほうが学校の意味がたくさん詰まっているし、第一この建物よりは小さくてカラにして占拠するには都合がよさそうなのに……」

最前列にいて相良さんがつぶやくと、若者は聞きとがめたのか、ハンドマイクを口から外して即座に言い返します。

「ダメだね！　旧い建物は頑丈すぎて、カラにする意味がないね！」

丸縁の黒いサングラスの奥で目を剝いているに違いないのですが、相良さんには凄みに欠けます。まるで駄々っ子のようにも見えます。

「とにかくこの建物は君だけのものじゃないんだよ。何か言いたいことがあるだろうからわたしの部屋で聞こうじゃないか」

どうやらこの建物に居室がある先生らしい落ち着いた声がします。

「ダメです！　ゼッタイ今日一日はオレのものだ。カラになった建物を死守するぞ！」

若者は再びハンドマイクで言い返すと、くるりと背を向けて階段を駆け上がっていきます。まるで砦の中に素早く逃げ込むように玄関扉の向こう側にすっと消えてしまったのです。

一日だけ勝手にさせておくさ、大して困らないよ、あっけなくそんな空気が流れて人の塊が溶け始めます。若者への共感というより、お前がそうしたいのならどうぞご自由に、邪魔はしないよといった反応です。とかくこの街では、何であれ人が自分の意思を持って成そうとすることに寛容なのです。相良さんも楽しみにしていた授業が聴けないのは残念だったけれど、あきらめて朝一番の街の散歩へと気分を切りかえます。


初めに石の建造物ありき。

人はその間隙を通り抜けていくだけです。建造物と建造物の間を、建造物の中の仕切られた空間をたかだか百年に満たない時間の枠を与えられて。この街では、石の建造物こそが絶対的な主体者なのです。

相良さんはいま、ひときわ旧い建造物が密集した旧市街にいます。柱廊でつながっている建物の中の、とある通路を見つけて入ったのですが、思いのほか奥の深い迷路になっていて黄色い髪が逆立つようです。左右にあるレストランや宝飾店はまだ重い扉を閉じたままです。ここでは朝の早いコーヒースタンドなど入り込む余地もありません。人の気配のない薄暗い通路をただ前に進むことだけを考えて歩いていくと、円形の噴水池のある小広場に出ます。広場といっても建造物の中にあって大理石の荘厳な宗教画の丸天井が覆っています。噴水の水もまだ止まったままです。その広場を突っ切ると出口です。相良さんはもう迷うことなく外に飛び出します。目の前には見知った大きな四角形の広場が広がっています。中央に巨大な騎馬像があり、左手前方に横長の頑丈な建物のアーチ型の正面玄関が見えます。現在はこの街で最も旧くて大きな図書館として機能している建物です。右手には歴史博物館が負けず劣らずの威容を誇っています。

大型清掃車がブーブーと音をたてて大きく円を描きながらノロノロと動いています。後部左右の車輪の脇にトラックのタイヤほどもあるブラシを付けていて、ぐるぐる回転しながら敷石の表面を磨いているのです。前夜降った雨の恵みを受けて、清掃ブラシは心地よげにブンブンと唸りを上げています。聳えるほどに高い位置にある運転台の運転手氏も、どうやら口笛でも吹いていそうな風情です。

石の迷路から抜け出した相良さんは、ほっとした目で魅入られるように、ゆっくりと円を描く清掃車を追い始めたのです。いまでは天に一番近いところにいるともいえる運転手氏への好奇心でいっぱいになっています。すると立ち去らない相良さんに気づいた運転手氏が、相良さんの前で車を止めたのです。

「やあ、おはよう！　何を見ているんだい」

運転台の窓から身を乗り出して運転手氏は相良さんを見下ろしています。その顔には四角い真黒のサングラスがかけられています。短く髪を刈り込んだ頭と歯切れのいい声と言葉に、彼の気風のよさが現れています。

「大きなブラシね。とても気持ちよさそうに磨いているわ」

相良さんはブラシを指さして顔を上向けると、声を張り上げます。サングラスで相手の目の表情が分からないことで、ここではかえって相良さんの気後れをとり除いてくれるようです。初対面の相手の中に必要以上に踏み込まないでいられるからです。

「人がいない朝早い時間でないとね。昨晩雨が降ったから、今朝はブラシかけにはもってこいさ。どうだい、ちょっと乗ってみるかい？　まだ四、五回は回るよ」

運転手氏は、物珍しそうに立ち去らない相良さんを気軽に誘います。相良さんには願ってもないチャンスです。さっそく反対側のドアに回った相良さんを、運転手氏はドアを押し開き、手を差し出して助手席に引き上げてくれます。

「うわ、高い！　想像した以上に高くて天に手が届きそうだわ！」

運転手氏はハハッと笑ってから、エンジンをかけます。清掃車は広場の一番外側をゆっくりと走り出し、二周目は少し内側にコースをとります。周囲の頑丈な建物は、一周目、二周目と車が動いていくごとに、だんだんと大空の下でその威容さを失っていくようです。運転手氏は口笛を吹いていています。三周目、四周目と円を描き、そうして清掃車は中心の騎馬像に一番近いあたりまで回ると、騎馬像の前でエンジンを止めたのです。

「どうだい、天下をとった気分になったかい？」

相良さんを楽しそうにからかって、運転手氏は大いに満足しています。

「わたしのほうが訊きたいわ。あなたこそ、こうして仕事をしながらそんな気分になるのではないかと……」

「確かにね、この運転台から見るとあの図書館の建物も、こっちの歴史博物館の建物も、この大空の下では大気の中のほんの一部を払い除けているにすぎないからね」

妙な言い方です。どれだけ大気を払い除けているかという目で形あるものを見てみれば、あれほど堅固な建造物も手にとることができるというものです。相良さんは運転手氏のサングラスをじっと見返します。

「何故サングラスなの？　まだ陽ざしは強くないのに……」

「ああ、これはね、まあ言ってみれば、自分のいる位置がブレないためなのさ」

「位置がブレない？」

「そうさ、いろんなまやかしの光や影に惑わされないで、周りを見ているためなのさ」

運転手氏はちょっと生真面目に説明します。

相良さんには、今朝方の学校の建物を占拠した若者のサングラスが思い浮かびます。彼も今日一日をブレないために、朝からサングラスをかけていたということなのか……。

「あなたはなかなかの哲学者ね！」

相良さんは感嘆の言葉でお礼を言って、車から下ろしてもらいます。運転手氏は、軽く手を上げると建て込んだ建造物の間の通りのほうへ向かっていきます。きっと口笛を吹いているに違いありません。

強い陽ざしが舗道を照りつけています。

ちょうど昼時で、人びとは街の広場や舗道に設えられたカラフルなテントの下で昼食をとっています。中にはテントから外れたテーブルで陽ざしを浴びながらフォークやナイフを動かす人もいます。それでも店の中のテーブルはガランと空いているのです。この街では、夏はもちろんのこと、冬でも中のテーブルが空いているのに、わざわざ外のテーブルでコートや防寒帽をつけたまま食事をする人びとの光景は珍しくありません。こうした人びとの習慣は、相良さんには不思議な光景です。まるで建物を拒否しているとしか思えません。大空の下の大気の中に身を置くことこそが、人間の自由の原点だとでも言うようにです。数百年どころか、ひょっとすると一千年もそこに在りつづけてきた建造物に、身を以て張り合っているのかもしれません。それと意識することなく、人びとの生活に根づいてしまっている深層心理のようなものとして、です。形あるものが、どれだけの虚空を占めているかという眼で見ることも、同じ根の中にあるに違いないのです。

ああ、何て暑いことか。こんなに陽ざしが強くてはサングラスが欲しい。降り注ぐ熱射に眉を翳めながら、相良さんはいまこそ自分もあの光を遮る黒眼鏡があればいいのにと思います。それでもこれまでそうした黒眼鏡をかける習慣を持っていなかったので、眼鏡屋さんに飛び込む勇気はまだありません。この街では、人びとは冬の防寒帽は必需品としてかぶるのですが、何故か夏の日よけ帽をかぶる習慣はないのです。その代わりのようにサングラスが跋扈します。そしてみなこぞって太陽に身を晒すことをよしとするかのように肌を露出しているのです。朝早く相良さんより先に郊外へ写生に出かけた相棒の野馬《ノマ》さんも、この暑さの中で思うように写生はできないのではないかと気にかかります。野馬さんは鍔のある麦わら帽子を愛用しているのですが、陽ざしは太刀打ちできないほどに強烈です。

相良さんはいま、昼食を家でとるためにアパートへと向かっています。朝一番の授業を聴くはずだった建物の前を通ってみるのですが、玄関はひっそりと閉じられたまま、階段前の鉄の柵も閉じて鎖が巻かれたままです。脇のポスターも心なしか暑さでぐったりしています。若者はサングラスをかけて、カラにした学校を自分の手中に収めているということなのか……。あるいは屋上に上がって街そのものがどれだけの虚空を払い除けているかと、サングラスを通して涼しげに眺めているのかもしれません。地上の相良さんの位置からはただ想像してみるだけです。

電車通りまでたどり着きます。アパートは目と鼻の先です。しかしその電車通りにはいつも素通りできない「関所」が待ちかまえています。いまも前方には確かに腰を据えた人の姿があります。相良さんは近づいて視線を逸らしたまま黙って通り過ぎようとします。

「こんにちは、奥さん」

声をかけられて相良さんは立ち止まります。いつも自前の小さな台に腰を下ろして通行人に物乞いをする老女です。黒っぽいロングのスカートですっぽりと膝を覆い、その膝の上に小さな紙の箱を置いているのもいつものとおりです。しかし、上向けられたその顔を見て相良さんはあっと息をのみます。いつもの老女ですが、目には真黒のサングラスがかけられています。しかも四角いたっぷりとしたけっこう高価そうなものです。見慣れた皺の深い目はそのサングラスで完全に遮られているのです。老女はニッと笑ってすっかり顔見知りですよと言わんばかりです。

「こんなに暑いのに、ずっと座っているのは体によくないわよ」

相良さんも気遣って声をかけます。ほとんど毎日のように見かけるのですが、相良さんは箱にお金を入れたことはありません。果物市場からの帰りがけに買い求めたオレンジやリンゴをいくつか手渡ししたことが何度かあるだけです。そんな時でも老女はお礼の言葉を口にしません。ただニッと笑って黙って受けとるだけです。街には物乞いは多いけれど住人たちがお金を与える光景は見かけません。ほんとうに切実な物乞いであるというより、一種のパフォーマンスのようにさえ見えるのです。決して裕福ではないが、生活はできる人たちが一種の示威行為として物乞いをするかのようです。悪びれることなく、恥だと思うことなどさらさらにないその様子には、相良さんの理解のおよばない精神風土の背景があるに違いないのです。

「暑いけど大丈夫よ。でも今日はもう奥さんに会ったから、これでお終いにするわ」

老女はサングラスの顔を向けてちょっと得意そうでさえあります。相良さんはその見えない視線を振り切るように歩き出します。まるで咎められているかのように。老女もサングラスをかけることで、いつも以上にブレない自分を誇示しているのかもしれません。相良さんは、まるでその日は行く先々でサングラスに追いかけられているようなものです。

そしてその日の夕刻のことです。日課の郊外での写生を終えて帰宅した野馬さんを迎えたとき、サングラスはもう一度相良さんを仰天させたのです。

野馬さんはリビングに落ち着くといつも真っ先にその日描いた絵を相良さんに見せます。その日は少しためらいがちに絵を出したのです。

「まあ、どうして？」

よほど深い森の中にでも入ったのかと相良さんはいぶかります。目の前にあるのは、葡萄棚の畑とその周囲をひまわりが咲き誇り、その向こうに見えるのは木の柵で囲われたレンガ壁の農家なのですが、画面全体がとても暗いのです。形あるものにうっすらと色彩はほどこされているのですが、ほとんど暗闇のスクリーンに映した影絵のようです。

「写生は何よりも自分の目に見えたように描くことが第一に大事なことさ」

野馬さんは持論を口にして、これが今日の一枚だと言ってはばかりません。

「何しろあまりに陽ざしが強くて、じっと目を凝らしていることもできないありさまで……」

野馬さんはそう言って、おもむろに胸のポケットからサングラスをとり出したのです。そしてそれを顔にかけて見せます。まさしく真黒のサングラスです。しかも目尻からの光もシャットアウトするために、まるで水中眼鏡のようにがっしりとした幅広のものです。

「ほら、この絵にある農家の主人が気の毒がって農作業用にいくつか常備しているからと言って、ひとつ分けてくれたのさ。もちろん、気持ちだけのお礼はしたけどね」

野馬さんは、サングラスの顔を相良さんに見せてとても得意げです。

「今日は絵の具はあまり種類を使わなかったね。せっかく持っていったけどさ」

「でも……、そういうのをほんとうに写生というのかしら……」

相良さんには絵のことはよく分かりませんが、これではせっかく咲き誇ったひまわりも悲しいだろうにと思わずにはいられません。葡萄棚の緑もレンガ色の農家も、まるで暗転した世界に置き去りにされたようなものです。

「わたしはノマさんが描く絵は、夏の太陽をいっぱい浴びているあざやかな色彩のある絵のほうが好きだわ」

相良さんは遠慮がちに言ってみます。

「そんなことを言って、ソーラ、お前はワタシが眼を傷めてもいいっていうのか？」

野馬さんはムッとして語気を強くします。

「それは困るわ、眼を悪くしては困るけど、サングラスを通さないほんとうの景色をもう少し頭の中で想像して描いてもいいのではないかと……」

「それは違うね、サングラスをかけたから今日のワタシはこれまで見たこともない夏の風景にソ、ウ、グ、ウしたのさ」

　野馬さんはいつになく頑固に言い張ります。

「目に見えたように描くっていうのは、目の前にあるものの中に自分が入り込んでいくほどのことなのさ」

「それじゃあかえって目の前のものが見えなくなってしまうじゃないの」

「ソーラ、お前はバカだなあ！　ワタシが言うのはひとつの譬えなんだよ。写生っていうのは、自然と自分がいっしょになってこそよく描けるものなんだ」

　野馬さんはまるでにわか絵画論者にでもなったかのようです。

「できることなら自分を忘れて、絵の中の小さな虫にでもなってしまいたいくらいさ」

　野馬さんは自分の言葉に大いにうなずいて、かけたままのサングラスで部屋の中を落ち着きなく見回しています。

　相良さんには、その日街で出会ったサングラスの人たち、学校を占拠する若者や、清掃車の運転手氏や、物乞いの老女さえもが示した、言ってみれば世界の主人公になるためのモノとしての装置が、野馬さんにはちょっと異物であり過ぎるように思えてなりません。そんな相良さんの一抹の懸念は、その夜夢の中で野馬さんが突然叫んだ言葉で露わになったのです。

「ああ、もうダメです！　世界がこんなに暗くなってしまっては、もうダメです！」

野馬さんは夢の中で背を丸め、自分の頭を必死に抱え込んでいます。

「ダメです！　世界がこんなに暗くなってしまっては、もうダメです！」

頭を抱え込んだ野馬さんは、まるで世界の終わりに立ちすくんでいるかのようです。

サングラスは、野馬さんには、世界の暗転に立ち合う装置になってしまったようです。

秋　街と一時間のオマケ

枯れ葉が舞う季節になると、ふだんあまりもの思いをしない人でも、何となく遠いところを見たりするものです。自然の移ろいが人の心を引きとめ感じやすくするのかもしれません。ギラギラした夏に代わっていくぶん平静さを取り戻した街が、ああそうだったと思い出したように自分の生業《なりわい》を再開し始めるころは、まだ街路樹や公園の木の葉は濃い緑のままで、夏の太陽の強い陽ざしで疲れ気味だった樹木もようやくほっとひと息つくころです。

街は再開した生業に気をとられて街路樹や公園の樹木に注意を向けようとしません。海に山に人が去ってもぬけの殻だった夏の名残りを時々思い浮かべながらも、元の生活の活気の中にすっかり呑み込まれていたある日、街はふいに木の葉が黄色く変化していることに気づくのです。そして空がこんなにも高かったのか、空気がこんなにも澄んでいたのかと改めて気づくのです。街路樹や公園の樹木がまるで何か芸術作品が完成したかのように色づいていることに目を見張るのです。

石で固められたような街はとかく季節の移ろいとは縁が薄いものです。それでも街路樹や空気の気配の中に季節はこっそりと顔をのぞかせるのです。とりわけ秋の季節にはあざやかな色彩のある顔をのぞかせて時の移ろいを気づかせてくれるのです。堅固な石の街にも何かしらゆらぎのようなものが現れるのです。

ある日、相良《ソーラ》さんは街で一番大きな図書館に出かけます。長い夏休みが終わって学校が始まってもう三週間ほどが過ぎようとするいま、図書館はようやく静かな環境をとり戻しています。夏休み明けの数週間は試験勉強に忙しい学生たちが占拠して、相良さんのようなのんびりとした利用者にはとても落ち着いていられる環境ではないのです。久しぶりにやってきた図書館の玄関の重たい扉を押して中に入ると、相良さんは、ちょっと腕を広げて深呼吸をします。静かで落ち着いた、そしてちょっと湿った空気を胸いっぱい吸い込むことで図書館の利用者として正式に認められるように思うからです。実際には利用するには書類の手つづきが必要で、もちろん相良さんも利用者カードを持っているのですが。

受付の女性は相良さんがカードを出すと、ちらっと顔を上げ相良さんが背中のリュックを玄関脇のロッカー室に預けるのを忘れていないか確かめます。うっかり背負ったまま入ろうとして注意されたことがあったからです。女性はパチパチとキーボードを叩いてパソコンの画面を確かめると、「どうぞ」と言ってカードを返してくれます。相良さんはポシェットを斜め掛けにして、ノートと筆記具、そして持ち込んでもいい本を手にして二階の閲覧室に向かいます。閲覧室はとても広くて、入り口を入ると大舞踏会場を思わせる天井の高い海のような空間が左右に広がっています。どっしりとした作業台のような大机を枕木のように並べた列が三列も左右とも奥に伸びています。相良さんは左右を見渡して人が少ないほうに向かいます。たいていは右側の奥のほうがすいているのでそちらに向かいます。奥の窓際に両面の雑誌架が縦に六列も並んでいることからもその部屋の広さが分かるというものです。

その日は持ち込んだ本を見ることにしてまだ誰もいない大机にノートといっしょに本を置いて席をとると、気分が乗るまで雑誌架の間をぶらぶらすることにします。その図書館は街で一番大きな図書館なので、集めてある本も雑誌も多くて、しかも難しいものが多いのです。街の人たちがよく利用する市民図書館のような親しさはないけれど、相良さんはそのちょっと気難しい雰囲気も気に入っているのです。利用している人はたいてい何か頭の中で特別なことを考えている人たちのようで、そうした何となくとっつきの悪い人たちの中に紛れ込んで澄ましている時間が、相良さんの心にも何か特別な気配を養ってくれるように思うのです。実はそんなふうに思って入っている人は、相良さんだけではなさそうだということもいまでは知っているのです。

雑誌架の周りをゆっくりと動いていると反対側にも誰か人がいる気配がします。その図書館ではほとんどの人は大机に陣取って何冊も書物を積み上げ、目の前に開いた分厚い本をじっと睨んでいて、雑誌架のあたりをいつまでもうろついている人はあまり見かけないのです。だから相良さんは反対側に人の気配を感じて耳を澄まし、立ち止まって様子を窺うのです。すると相手も相良さんの気配に気づいて様子を窺います。雑誌架をはさんでふたりはまるで無言の探り合いをするかのようです。少しして緊張の糸がぷつんと切れ、反対側の人物が動く気配がし、雑誌架の端から顔をのぞかせます。

「やっぱりソーラさんじゃないか。久しぶりだね」

テンポさんです。学生に占拠されていた三週間ほどごぶさたしていたので、ふたりがでくわすのはちょっと久しぶりのことです。相良さんがこの図書館にやってくるのは一週間に一、二度のことですが、その一、二度のいつ来ても必ずテンポさんとでくわすのです。そのうちに互いに似たもの同士の親近感を感じるようなり、あるとき相良さんは訊いてみたのです。

「あなたはこの図書館の常連ですね。何について調べているのですか？」

テンポさんの風貌は何かの研究者のようです。額は広く頭頂にはもう毛髪はなくなっていますが両サイドにはまだ白髪がふっくらと残っていて、鼻の下には口ひげが豊かにたくわえられています。いかにも何かの研究者の風貌です。しかしテンポさんはハッハッハと笑って言ったものです。

「いやいやわたしはここにしか居場所を持たないのさ。他に行くところがないだけのことだよ」

「でも時々あの大机で何か本を読んでいるじゃないですか……」

相良さんは来るたびに見かけるテンポさんが熱心に大部な本を広げて見ている姿も目撃していたのです。

「たまにはそうしたこともあるが、そうでもしないと、ここにも居場所がなくなるからね」

テンポさんの言葉はますます相良さんの疑問を膨らませるだけです。

それ以後、相良さんはこの図書館に入ると必ずテンポさんを見かけるのですが、テンポさんは広い館内のいろんなところで見かけるのです。まるで神出鬼没の如くです。閲覧室の大机はもちろんのこと、本を借りたり返したりするカウンターや、参考図書の相談コーナーや、古い本を探すためのカードが整理してあるところや、毎日の新聞を読めるコーナーや、複写機の置いてあるところや、手洗い場の手前にある談話室などですが、時には広い階段の踊り場で佇んでいたりすることもあります。またある時などは、係員しか入ってはいけない物置き場のような部屋の片隅で見かけたものです。埃をかぶった古い雑誌などが雑然と積まれていて、ミスコピーの紙ごみの大きな袋もいくつか置いてある部屋です。入り口には黄色いロープが張ってあって、「入るな！」と表示されていたにもかかわらずです。

「テンポさんはこの図書館の全部をまるで自分の居場所にしているようですね」

相良さんに言われると、テンポさんはすかさず言ったものです。

「と言うことはソーラさん、あんたもこの図書館の隅々まで見て回って、居場所にしているってことだね、ハッハッハ……」

目を丸くする相良さんにテンポさんはさらに言ったものです。

「そうじゃないか、この館の中の至るところでわたしを見かけるということは、あんたもその至るところにいるってことじゃないか……、ハッハッハ」

相良さんは言われてまったくそのとおりだと自分のことを思い知ったのです。相良さんも広い館の至るところを自分の居場所にしていたのです。そしてそんなふたりは、館の至るところで互いを見かけるごとに声をかけてお喋りするようになったのです。まるで街で一番大きな図書館に詰まっている古今の書物やさまざまな資料を勝手に参考にして自分の考えや空想をたくましく鍛えて、その楽しみを交歓しているようなものです。大机にたくさんの書物を積み上げて、眉間に皺をよせて開いた本を睨んでいる他の利用者とはちょっと異なる仕方で、自分の考えや空想を鍛えているのかもしれません。ふたりははっきりとそう思っていたわけではないのですが。

いま、試験勉強の学生たちがいなくなった静かな館内のその雑誌架の前で、相良さんはテンポさんから妙な話を聞かされます。

「この月の終わりごろには一時間のオマケがあるから、無駄にしないようにしないとな」

「一時間のオマケ？」

「そうさ、いつもより一時間余分に時間があるのさ。空白の一時間さ。クニも法律もどんな習慣からも何もかもから縛られていないいまったくの自由な真っ白な時間さ」

テンポさんは語気を強めます。

「この図書館の全部の書物に詰まっている時間と張り合ったっていいくらいさ。その一時間をよりによって眠って費やしてしまうなんてことはまったく愚の骨頂さ……」

テンポさんは何やら大真面目に大言壮語して、窓から外の上空を見上げると遠くを見つめます。

そしてふいに相良さんに向き直ります。

「ソーラさん！　いまあんたには詳しいことは言わんよ。どうやらあんたは一時間のオマケをまったくの真っ白いまま体験できそうだからな」

テンポさんは相良さんに一方的に言ってその話はもうお終いにしてしまったのです。


日ごとに街の中の樹木の葉が色づいていくのを確かめながら、相良さんは週のうち半分は学校の授業を聴きに行きます。あとの半分は街の中のあちこちにある図書館に入ったり、街の中をぶらぶらと歩き回ります。相良さんの背にはいつも愛用のリュックが張りついています。この街では、学校の授業は先生にちょっと挨拶をすれば誰でも聴くことができるのですが、相良さんは気がねなく好きなように授業を聴くためにこの学校に異邦人学生として登録しているのです。

学校では階段教室の一番後ろの右か左の端っこにいつも座るのですが、そんな相良さんに若い学生たちが通りすがりに声をかけることもあります。前方の教壇にいる先生も時々相良さんのほうに目を向けて、自分の授業の内容がどの程度分かっているのか確かめようとします。そんなとき相良さんは、ちょっとうつむいて気づかないふりをします。相良さんには、先生の話は半分くらい分かれば十分で、あとは相良さんの頭の中で想像したり、自分の仕方で調べたりすることができればいいのです。一生懸命授業をする先生にとっては相良さんのような聴き手はあまり嬉しくないのですが、それでもあからさまに注意を与えることはしません。何と言っても相良さんは異邦人学生ですから半分くらいだけでも分かればよしとしなければならないからです。それでも相良さんが毎回欠かさずいつも同じ席について熱心に聴いている様子を見ると、先生としては、授業の内容をできるだけ完全に理解して欲しいと思うのは無理もないことです。

そんな先生の気持ちをよそに、相良さんにとっては、若い学生たちに交じって大きな教室のひとりになることも大好きで大切なことなのです。そうした相良さんの身勝手な喜びをほんとうに理解する人はいないけれど、その街にきて初めて相良さんが手にした喜びなので、それはやはり相良さんにしか分からないことなのです。それは異邦人であるということによるものでもあるからです。時には若い学生たちや先生とも対等に話ができればもっと楽しいのにと思うこともありますが、それを我慢してあきらめることでいまの相良さんの秘かな喜びは成り立っているようなものなので、相良さんはその矛盾と孤独を引き受けるしかないのです。

十月最後の月曜日の朝のことです。十時から十二時までの授業を聴くためにその朝も相良さんは出かけます。その授業はいま相良さんが一番関心を持って聴いている授業です。十月の初めから十一月半ばまで毎週月、火、水曜日の午前中二時間ずつあって、授業もいよいよ佳境に入っています。トッカリーナという女の先生によるその授業は、ある作家が取りくんだ寓話の連作を取り上げながらその作家をテーマにしたものです。前の週では架空の街をテーマにした作品が少しだけ紹介されて時間切れになったのです。それは街に棲む小動物たちとふつうの大人とは少しズレた目で街の様子を見ているあまり利口者ではない男が登場する作品です。いつものように十時少し前に教室に入って一番後ろの左端の席に着きます。しかし教室には誰もいません。いつもだとその時間にはちらほらと学生が座っていて、前方の両サイドの扉からは次々と学生たちが入ってくる時間です。その朝は相良さん以外誰もいないのです。十時を五分、十分過ぎても誰も来ません。相良さんは先回までの授業のつづきが聴きたくてじりじりと待ちます。

大教室にぽつんとひとりで座っている相良さんの頭の中では、もう勝手にこれまでの授業の内容がうごめいて、夜も昼もなく街の小動物やあまり利口者ではない男に取りつかれて寓話を書こうとする作家の姿があります。先週少しだけ聴いた架空の街をテーマにした話は、相良さんの頭の中ではこんなふうに進んでいきます。

便利さやものの豊かさを追い求める大多数の人間たちによって街は増改築をくり返して変貌し、いまでは街が丸ごと巨大なコンピューター付のシャベルですくい上げられようとしています。増改築をくり返してすっかり込み入ってしまった街では、住民同士の間で自分の持ち場所の境界をめぐって争いが絶えなくなり、街のつくりを再配置してつくり直すことになったからです。そんななかで街に棲む生きものたちの居場所はすでに街の片隅にわずかに残っている公園や林などに追いやられていたのですが、いまコンピューター付巨大シャベルですくわれようとする街では、もはや街の片隅は崖っぷちでしかなく、多くの小動物たちはふり落とされていきます。それでも敏捷さのあるネコやウサギや羽のあるハトなどはかろうじて五、六階建ての建物の瓦屋根や屋根裏部屋の庇などに飛び移ってしがみついています。そして人間であってもすでに街の辺境にしか居場所を持たない人たちもいて、崖っぷちの民家の塀などに必死でしがみつきます。街が再配置されれば、ますます居場所を持てなくなることは目に見えているのですが、それでも黙ってただふり落とされるにまかせるわけにはいかないのです。そんな人間のひとりである利口者ではない登場人物の男も、屋根裏部屋の小さな露台の上でかろうじてふり落とされないで踏んばっていいます。そこにネコやウサギやハトが集まってきて、小さな露台はまたたく間に満杯になってしまいます。男はネコやウサギやハトを自分の肩や背や胸や広げた腕や頭の上にしがみつかせて耐えます。まるで小動物たちの止まり木になったかのようです。

先週までの授業でトッカリーナ先生は変遷していく連作の寓話のさわりを話して授業を進めてきたのですが、先回の授業で紹介された架空の街のさわりが、相良さんの頭の中にとりわけ印象強く残っているのです。まさにコンピューター付巨大シャベルが出現する場面です。相良さんはその日の授業で、トッカリーナ先生はその作品についてもっと詳しく話すに違いないと期待していたのです。ひとりぽつんと置かれた大教室の隅っこで、授業の開始をじりじりと待つ相良さんの頭の中では、コンピューター付巨大シャベルの出現から始まって展開する寓話の世界が、小さな屋根裏部屋の露台に街の小動物たちの止まり木となって仁王立ちする男の姿を現出させていたのです。

ふと気がつくと、学生がひとりまたひとりと前方の左右の扉から入ってきます。

「やあ、おはよう！」

顔見知りの男子学生が近づいてきて相良さんに声をかけます。

「まあ、おはようだなんて、もう十一時よ。一時間も遅刻して……」

腕時計を見せる相良さんに学生は変な顔をします。

「遅刻なんてしてないさ。まだ十時ちょっと前だよ」

学生は自分の腕時計を見せて真顔で言います。相良さんはもう一度自分の時計を見るのですが、間違いなく十一時になろうとしています。他の学生たちもやってきて、みんな口々に、「十時だよ、ほら！」と言って時計を見せてゆずりません。相良さんはまるでキツネにつままれたように不思議な気分です。

トッカリーナ先生も入ってきます。枯れ葉色のワンピースに濃い紫色のジャケット姿で、季節の移ろいを感じさせる装いですが、いつもと何も変わりのない様子で授業を開始します。しかし先生の話の中にはもう架空の街をテーマにした作品は消えているのです。相良さんは、たっぷりと一時間近くもひたっていた架空の街の寓話の世界から脱け出すことができません。

「ちょっと待ってください！」

相良さんは手を上げて立ち上がります。するとトッカリーナ先生は驚いて、これまで気になりながらもコミュニケーションのとれなかった異邦人学生が声を発したことに戸惑うようです。

「何ですか？　どうぞお話しなさい」

先生は教壇から相良さんをじっと見つめます。

「この作家が書こうとした架空の街とコンピューター付巨大シャベルの話がどのように進んで結末を迎えるのか知りたいのです。わたしはこんなふうに想像するのですが……」

相良さんはひとりぽつんと置かれた大教室で考えた作品の世界を話します。とりわけ最後の小さな露台の場面は感情を込めて語ります。しかしトッカリーナ先生はきょとんとして聞いていて、最後は頭を横に振ってしまいます。

「この作品がどのように展開したか、その結末がどうだったかは誰も知りません。だってこの作家は寓話のさわりだけを書いて、また別の寓話のさわりに話を進めているからです。いくつものさわりだけでひとつの作品世界をつくり上げているからです」

トッカリーナ先生は説明すると、ちょっとうつむいて首を小さく左右に振ります。やはり異邦人学生には授業の中身は十分理解されていないことを知ったのです。

「ですが、先生……」相良さんはなおも残念そうに言います。

すると先刻腕時計を見せて口々に十時だと言った学生たちが、あちこちからいっせいにふり返って声を上げたのです。

「君はオマケの一時間で勝手に授業を展開させたのさ！」

その日の午後、いつもの図書館でテンポさんに会うと、テンポさんは訊きます。

「オマケの一時間はどうだった？」

相良さんは、世界でたったひとり自分だけに与えられたオマケの一時間のような気がして不思議でなりません。その一時間で考えたり想像したりしてできた寓話の時間は、相良さんがこの宇宙に付け加えた小さなコブのような時間です。

「来年の春には、今度は一時間が突然消えるから、ちゃんと計算は合うのさ」

テンポさんは魔法をとくようにニコニコして説明します。

その日できた小さなコブの一時間は、来年の春にはまたこの世かあの世か、宇宙のどこかに吸い込まれて、表面は元のなめらかさにならされるというのです。

相良さんの頭から吹き出してできた小さなオマケのコブは、冬を越して春になると頭の中に吸い込まれて、少しだけ頭の中身の濃さに貢献するということなのかもしれません。

冬　街と広場

どこに行くにも歩いていける小さな街なのに、街には「広場」と名づけられた場所が至るところにあります。大きさもさまざまで大方は長方形だったり、正四角形だったりして、四方を堅固な石の建物が囲っています。広場に面した地上階がレストランやカフェであれば、広場は人びとの集う憩いの空間であり、由緒ある劇場や博物館などのエントランスが一辺を占めていれば、厳かな雰囲気を持った空間となり、建物の側壁だけで囲われていれば、日常の外に投げ出された思索の空間となります。大小さまざまでその空間の持つ雰囲気も一様ではないのですが、広場の真ん中には多く何がしかのモニュメントがあって、そのことがまるで広場としての約束事のようでさえあります。

夏には街の外からやってくるたくさんの観光客が広場を埋め、モニュメントの周囲では、引率の案内者の説明に耳を傾けているいくつもの人の塊ができます。寒い季節はそうした人たちは少なくなるのですが、それでもいつもの冬よりは人の塊が多くあります。というのは、その年はそのクニが統一されて百五十年という記念の年であることと、その最初の首都となったのがこの街であることから、人びとの心にふだんは忘れているクニというものへの関心が呼び戻されてのことかもしれません。街の至るところには記念のための標《しるし》があります。とりわけ目につくのは、現代ふうの眼鏡をかけたひとりの人物の上半身を写した大きなポスターです。この街の一千年の歴史を誇る王家の君主であり、初代の国王です。

その日、白い防寒着の上に愛用のリュックを背負った相良《ソーラ》さんはひとりで街の中を歩いていて、とある広場で足を止めます。ちょうどモニュメントの前でひと塊の人たちが、街の観光課の職員である女性の説明に熱心に耳を傾けているところに遭遇したからです。胸に名札を下げた女性の手には引率用の棒が握られていて、棒の尖頭には張子のリスがとりつけられています。凍てた冬の広場に掲げられた模造のリスの、ふんわりと大きな尻尾が相良さんの目を惹いたのです。

「……それで、この人は〈祖国の父〉と呼ばれています」

案内嬢は、長い間いくつかの周辺の強国に地方ごとに分断支配されていたため、このクニはひとつのクニとして統一されてからの歴史が浅いことを説明しようとしています。

「ですからこの国王の銅像は、人びとの心をひとつに結びつけるための象徴として創られたものです」

ひと塊の人たちが一様にあんぐりと顔を上向けているのにならって、相良さんもちょっと離れた位置から銅像を仰ぎ見ます。よく見ると像の顔には見覚えがあります。街の至るところに貼られているポスターの顔なのです。どちらも同じ肖像を基にしているのに、ひとつだけ違うところがあります。それはポスターの顔には眼鏡がかけられていて、銅像の人物には眼鏡がないことです。相良さんはそのとき、街の中で目にするポスターの人物に覚えていた違和感の正体を理解したのです。あの眼鏡はポスターのためにかけたものなのだ。眼鏡は細い黒縁の横長楕円形ので、いま街の中で多くは若者たちがかけているものと同じタイプのものです。それはいかにもとってつけたような眼鏡です。肖像の人物の黒くて太い八の字ひげは顔幅からはみ出すほどに大きくて、おまけに人相には前時代的な人間の内面がはっきりと現れています。「変だな」と相良さんは不思議な感じがしていたのです。眼鏡をかけて知的な人相にしようとしたのだろうか？相良さんは思いましたが、何故そんなことをするのか分かりません。かえって逆効果で、とってつけた現代ふうの眼鏡は、人物の間抜けた成り上がり者の印象さえ与えているのです。

「確かにワシは以前ラミーノの街に行ったときにもこれと同じ男の像を見たぞ。ラミーノでは馬に乗っておったがな」

鳥打帽をかぶった年配の男性がつぶやくと、エンジ色の毛糸の丸帽子をかぶった隣の老人も相槌を打ちます。

「ワシはポリーナで見たぞ。これと同じ男で、軍服を着てサーベルを下げておった」

ラミーノもポリーナも、いまではこのクニのそれぞれ北と南にある州の中心都市としてよく知られた大きな街です。

「何だ、この男はどこに行っても同じ顔で、年がら年中ご苦労なことだなあ」

「ほんに、北から南まで寒いときも暑いときも天を突いて顎を突き出していなくちゃならんとはやっかいなことさ」

隣り合った大柄なふたりの男性が口々につぶやく声が背後の相良さんの耳にも聞こえます。相良さんはつい口をはさみたくなります。

「そういうのを金太郎アメって言うんですよ」

ふたりが同時にふり向いて怪訝な顔で相良さんを睨みます。鳥打帽の男性は夏の日焼けをそのまま冬まで持ち越したような赤銅色の顔をしています。毛糸の丸帽子をすっぽりとかぶったほうは明らかに老人ふうで、丸縁の眼鏡越しに相良さんを睨んでいます。

「金太郎っていうのはわたしのクニのおとぎ話の主人公で、全身赤くて小太りで、赤い顔に丸い目をした男の子です」

そう言って相良さんは金太郎アメの説明を始めます。細長い棒状のキャンディーであること、円筒のどこを切っても断面に金太郎の丸い目をしたひょうきんな顔が出てくる仕掛けになっていることを話します。

「……どこを切っても切り口が金太郎の顔になっていて、子どもたちが喜ぶんです。でもそれは大人の世界ではあまりいい譬えには使われなくて、どこまでいっても変化のない画一的な物ごとを言うときに使われるんですよ」

相良さんは顔を上向けて声を張り上げます。そしてふとふたりの男性の頭の向こうに聳えている銅像の男が、金太郎アメの顔に似ていることに気づきます。突き出たぷっくりした腹部まで腹巻を当てた金太郎のそれに似ています。

張子のリスを高く持ち上げて案内嬢が注意を喚起しています。

「いいですか、この銅像の人物はこの街で一千年以上もつづいた王家の貴族なんです。近代になってこのクニがひとつのクニとしてまとまるために、北から南まで人びとに親しまれるために力を尽くして〈祖国の父〉となった人です」

案内嬢は声を張り上げて参加者たちを集中させようとします。ふたりの男性はなおも黄色い断髪の相良さんの顔を不思議なものでも見るように見つめていましたが、「祖国」という耳慣れない言葉がくり返されるとようやく反応して前に向き直ります。すると「祖国」という言葉がひと塊のどの参加者の頭上にもふわふわと羽毛のように漂うようです。まるで参加者たちの頭の中では「祖国」は妙に馴染まない異物であるかのようです。

同じように相良さんの辞書にも、「祖国」はまったく影の薄い実感を欠いた言葉としてあります。相良さんの祖国は海に浮いた島国で、多少の方言の違いはあっても、そして少数の先住民族の末裔としての存在を明らかにしている人たちはいても、基本的にひとつの言語を共有し、ひとつの国土で単一民族として連綿とした歴史を築いてきたクニです。人びとの気持ちの中にあえて「祖国」という言葉で表さなければならないメンタリティを必要としないクニなのです。この街に住みついてまだ日の浅い相良さんの心に、この先どんな変化が現れるのかいまは分かりません。

しかし相良さんは海に浮いた島国にいたときも、どこに根付くということもなく暮らしてきたので、あまり変化はないと自分では思っているのです。しかし相良さんの相棒の野馬《ノマ》さんは、口癖のようにクニに帰りたいと言います。だから野馬さんにとっては、かのクニはまさしく祖国として心に深く根ざしているのかもしれないと思ってみるのです。

「……この王様は貴族ではありましたが、とても人びとに親しみやすい心根を示した方でした」

案内嬢の説明は淀みがありません。一千年余もつづいた王家も、その後三代までクニの象徴であると同時に統治者として君臨したけれど、大きな世界戦争のあと、クニの人びとの投票で廃止されたことを説明します。

「皆さんご存知のように、もはや君主はいなくてもクニはひとつになってやっていけるという選択だったのです。共和制によって自分たちの代表を選挙で選んでクニを運営していくという選択をしたのです」

すると白髪を黒いウールのショールですっぽりとくるんだ老婦人がつぶやきます。

「でも結局このクニは、もともとひとつになるなんて無理だったとわたしは思っていますよ。あまり実感がないわねえ、クニというものに……」

「そうそう、わたしたちはもともとクニなんて当てにしていないのよ……。それでも生きてきたんだから……」

赤いフェルトの帽子をかぶった中年の女性の声が応じます。

若い案内嬢はそうした参加者たちのつぶやき声には無関心の様子で、さて次の予定に向かって歩き出します。リスの張子が高く掲げられると、人びともぞろぞろと後につづきます。毛糸の丸帽子の老人が相良さんをふり返って声をかけます。

「金太郎アメの話は面白かったぞ。どこを切っても同じ金太郎の顔とはな、はっはっは」

老人は声を上げて笑うと、「よい一日を!」と言って人びとの後をこてこてと追いかけます。


広場は急に広々とします。相良さんはひとわたり見回してから中を歩き始めます。角の建物の壁に「首都広場」と表示されています。東西に向かい合った建物の地上階は重厚な柱廊になっていて、奥にレストランやカフェが並んでいます。まだ午前中の早い時間で閑散としています。遅い冬の陽ざしがようやく広場にも届き始めています。西側の柱廊に歩み寄っていくと、一本の柱に何か文字の刻まれたプレートがあることに気づきます。相良さんは近づいて読もうとするのですが、背が低いのでどんなに顔を上向けても読みとれません。少し離れてみると文字は見えるけど小さくなってやはり読みとれません。

ちょうどそのとき、柱廊の通路をはさんで広場に出されたカフェの椅子に座ったベレー帽のラッコントさんがいます。ラッコントさんはひとり新聞を広げてコーヒーを飲んでいます。ふと顔を上げると柱に近づいたり離れたりしている相良さんに気づいたのです。それでにこにこと笑顔を向けて呼びかけます。

「何をしているんだい？」

相良さんは知らない初老の男性が妙に馴れ馴れしく声をかけたので、一瞬とまどいます。それでも正直に言ってみます。

「あのプレートの文字が読めなくて……」

するとラッコントさんは、待ってました！とばかりに丸テーブルに新聞を投げ出して立ち上がります。そして相良さんの横に来て並ぶと、いいかい読むぞというように相良さんの注意を喚起します。それからゆっくりとプレートの文字を読み上げます。

一八××年×月×日
この広場で市民五十二人が斃《たお》れ、百八十七人が負傷した。
クニの首都遷都に対する抗議の示威運動の犠牲者である。

ラッコントさんは読み上げると、相良さんに分ったのか？という目をします。相良さんがぼんやりしていると、「ちょっとそこに座れ」と言ってカフェの椅子に連れていきます。するとさっそく柱廊の奥からボーイが出てきて注文をとります。相良さんはこの街ではよくあることだと思って、もうとまどうこともなくカップッチーノを頼みます。

「いいかい、ワシはその時ここにいたのさ！」

ラッコントさんはドンとテーブルを叩いて胸を張ります。相良さんの目はもちろん丸くなります。

「ワシはちょうどこのカフェのこの椅子に座って、目の前で抗議する群衆と警備隊が揉みあうのを見ていたのさ！」

「まさか、百五十年近くも前のことなのに……」

「ワシは確かに見たのさ！」とラッコントさんはゆずりません。

「なら、どんなふうだったんですか？」相良さんは試すように訊いてみます。

「そうさ、まず最初に広場の中心の演壇に四人の男がシーツのような白い布を持って上がったのさ。男たちは布を広げて高くかかげると、四方に見えるように演壇の上でゆっくりと一回転したのさ。〈クニの君主を擁する王家のあるこの街から、首都を引き剝がして持ち去ろうとする盗っ人に断固抗議する！〉と書いてあったのさ」

ラッコントさんはまるで昨日のことのように言ってのけます。

「それで広場を埋めた群衆がいっせいに〈断固抗議する！〉と声を上げ、拳を突き上げたのさ。演壇に王家の紋章のある大判の旗が翻ると、広場の群衆も色とりどりの旗や棒を振り上げ、怒声が飛び交い騒然とし始めたのさ。するといつの間にか、広場の四方の通りから騎馬隊が乗り込んできて威嚇射撃を始めたのさ。群衆は持ち込んでいた石を投げ、棒や旗を振り回して抵抗を始め、あっという間に広場は大混乱と化してしまったのさ。数ばかりは多くてもほとんど丸腰の群衆は、馬に蹴散らされたり馬上から銃剣でなぎ倒されて、そりゃあ見るのも恐ろしい光景だったのさ……」

ラッコントさんはそのときだけは顔を曇らせて広場の中心のあたりを凝視します。クニを統合するための象徴として祭り上げた王家の君主を擁するこの街から、首都の名を引き剝がすに至った事情は、相良さんにはよく分かりません。しかし新しく立ち上げたクニの前途を早くも表す出来事であることは確かなようです。先刻銅像の前でふたりの女性が口にしたクニというものへの実感の乏しさが、いまに至っても人びとの気分を支配していることにもよく現れているのです。

相良さんの前にはカップッチーノのカップが置かれています。ふわっと盛り上がったミルクの泡の上に、コーヒーとカカオの粉で木の葉が絶妙に描かれています。泡の上に浮いた木の葉はいかにも脆くて、どんなに精巧に描かれていても所詮は泡の上です。スプーンでひとかきすれば、形はあえなく歪みます。相良さんは崩すのを惜しんでスプーンを使わず少し口に含みます。

「このクニは元来崇高な理念を持った文学者や思想家が生まれ、クニを統一することへの悲願はいろいろと文学の作品や思想の言葉で語られ人びとを鼓舞してきたが、結局のところ、クニとして一枚岩になることにはどうも苦手な者たちの集合体のようじゃ……。周辺の列強に分割支配されていても、結局のところ得手勝手に生きることをよしとする心根の寄り合いのようじゃ……」

ラッコントさんはしきりにため息をつきます。

「わたしのクニとはまったく逆だわ。わたしのクニも歴史的な遷都はあったけど、周辺の列強に分割して支配されるというようなことはなくて、幸か不幸かずっと世襲の王家がひとつだけ連綿とつづいてきて、クニの文化や人びとの心にそれはそれは深く根を下ろしてきたから、むしろ一枚岩になってしまうことの弊害のほうが強くて……」

ラッコントさんの言葉に触発された相良さんは、自分の言葉を見つけて口にすると、もはやカップッチーノを二口三口と含んで、その先は頭の中だけで考えます。ふたつのクニの違いが、街の至るところに「広場」があることと何か繋がりがあるのかもしれないと思ってみるのです。一枚岩になることを嫌って、得手勝手に生きることをよしとする心根の源が「広場」にあるのではないかとさえ思うのです。百五十年も前に起きた出来事を、しかも特別な人たちではない街の市民たちが起こした出来事を、一枚のプレートに刻んで日常の中の目に触れるように記録して表示することも、「広場」のあるクニと、そうでないクニの違いなのかもしれません。「広場」ではなくて、どこかに通じるための「通り」によって成り立っているクニとの違いなのかもしれません。おまけにラッコントさんのような市井の人が、カフェの椅子に座ってまるで百五十年前のそのときそこに居合わせたかのように話して聞かせることまでも、「広場」のなせる業《わざ》なのかもしれないのです。相良さんはカップッチーノを飲み終えてカップの底に残っているミルクの泡をスプーンにすくってきれいに嘗めます。泡が本体のような飲み物だから決して行儀の悪い飲み方ではないと相良さんは思っているのです。

「あなたはいつもここでコーヒーを飲んで、新聞を読むんですか？」

相良さんはベレー帽の男性にそろそろお暇《いとま》をしなければなりません。

「もちろんさ！　ワシはずっとこうして一日一回はここでコーヒーを飲むのさ。ほれ、いま話したとおり、そこのプレートにある事件のときもちゃんとここにいたのさ！」

相良さんはぷっと噴き出して笑いましたが、それ以上否定も肯定もしません。テーブルの上にカップッチーノの代金を置いて立ち上がると、「ところであなたのお名前を伺いたいのですが」と言ってみます。

「ああ、ワシはラッコントさ！　しがない語り部じゃよ」

「それではラッコントさん、どうぞよい一日を！」

「あんたもな、よい一日を！」


歴史的建造物の博物館にはさまれた牢固とした細い通りを抜けると、由緒あるオペラ劇場のエントランスに面した広場に出ます。立派な銅像のモニュメントが聳えていますが、〈祖国の父〉とは別の人物です。統一前後の王国の首相を務めた政治家の名前が刻んであります。〈祖国の父〉を演出し、クニの統一に向けて冷徹な政治手腕を発揮した人物は、コートの裾を翻してすっくと立っています。その立ち姿は、〈祖国の父〉のどこか憎めない無邪気な風貌と好対照をなしています。そこは「議会広場」と名づけられています。しかしいまは人の塊もなく閑散としています。

そしてその少し先の細い通りが交差する右側手前の四つ角にも広場があります。モニュメントのない小さな広場です。向かい側の左手角には書店の硝子窓越しに並べられた書物が見えます。重厚な歴史的建造物に囲まれた街の一角に開けられた、現代へのタイムトンネルの入り口のような書店。その陳列棚がのぞいている小さな空間。そこは「カラクリ広場」と名づけられています。

相良さんはさっきから耳に聞こえている軽やかなリズムの音楽に誘われていたのです。足を向けてみると小さな人だかりができています。近づいて人垣の隙間からのぞいてみると、身の丈三十センチほどの人形が胸に小太鼓を吊り下げ、手に撥《ばち》を持って愛嬌を振りまいています。操っているのは黒い革ジャンパーを着て上下ともに黒い衣服で身を包んだ青年です。人形の所作は何本もの糸に操られて命あるもののように細やかです。相良さんの目が慣れてくると、人形の姿や顔にどこか見覚えがあることに気づきます。両頰から大きくはみ出た太い八の字ひげの顔に、とって付けたようなモダンな黒縁眼鏡。金ボタンのついた軍服にサーベルを下げています。まさしく街の至るところで見かける、あのポスターの人物、〈祖国の父〉です。

「こうしてみると、たわいもないものさ……」

「まったくだ、こんなものでこのクニが一枚岩になれるはずなどあるものか……」

見物人の中から苦笑が洩れます。

「それでも百五十年ぶりに眼鏡をかけてもらって、なかなか楽しそうじゃないか、はっはっは……」

「歴史の中で自分が果たした役割に大いに満足しているのさ、この君主殿は……」

「みろよ、小太鼓をあんなに打ち鳴らしているぜ。まるで自分の後ろにみんなが旗を振り、笛を吹いて列をなしてつづいていると言わんばかりじゃないか……」

つぶやき声には小さな人形が目の前で体現しているものに、アイロニーに満ちた共感がこもっています。相良さんは誰の言葉とも分からない声に耳を澄ましながら、一方で百五十年近く前の首都遷都に抗議して集まった群衆の怒声が、相良さんの耳に遠く地鳴りのように聞こえています。そして、目は一心に黒子の青年に注がれています。指先への絶妙で細やかな神経が全身の集中力によって支えられていることに息を凝らしています。青年はそれでも神経の一点を人垣の人びとに注いでもいるのです。針の尖端のような神経の一点を。やがて人形はひときわ大きく太鼓を叩いたあと、撥もろとも両腕を上げます。四方に手を振って別れのポーズをするようです。そして軽快なリズムが止みます。見物人の何人かが地面に置かれた小箱に小銭を入れています。〈祖国の父〉を象《かたど》った人形の残像を引きずるように、見物人の輪はゆっくりと溶けていきます。相良さんはその場をすぐには離れられません。

「休憩だよ。次は二時間後にまた始めるよ」

青年は、立ち去らない相良さんに気づくと腕時計を見て告げます。黒子の青年が口を利いたことでカラクリ広場に日常が戻ってきます。

「あなたは劇場では公演しないのですか？　プロの人なんでしょ？」

「いまはちょうどオフなのさ。だからこうして街の中に出てくるのさ」

「公演はどんなところでするんですか？　すぐそこにも大きなオペラ劇場がありますけど……」

「ホーム劇場を持っているのさ。少し郊外になるけど、自分たちで立ち上げた小劇場があって、たいていはそこで公演するけどね。時にはもっと大きな劇場でやることもあるし、他のクニの招待公演の経験もあるよ。残念ながらそこのオペラ劇場ではまだないけどね」

　青年は大きなトランクの中に人形や他の道具を丁寧に収めています。相良さんはその手の動きを不思議なものでも見るように見ています。プロの人形遣いの指先は、冬の寒気の中でも十分機能するものなのだろうか。白くて長い指は血の気が失せています。青年はトランクの蓋をして留め金をかけると立ち上がります。そしてようやくジャンパーのポケットから革の手袋を出してつけます。ほとんど表情を変えないで淡々としている青年に、相良さんの質問がなおも口を突きます。

「公演でもこの人形を使うんですか？」

「まさか！　公演で使う人形は街の中には持ち出さないよ。だって大事な俳優だからね」

「じゃあ、この人形は広場のための人形なのね？」

　青年はちょっと考えてから、「……まあ、そうだね」と応じます。「百五十年の記念の年だからね」と。それからトランクを左手で持ち上げて、右手をちょっと上げて相良さんに別れを告げると、すぐ左手の街角に消えます。

街にある広場の中で最も多様な機能を併せ持った広場といえば「世界広場」です。街の主要な大通りはすべて世界広場に通じているといってもいいのです。過去も現在も未来も共時的に発信する場です。広場の一辺を構成するのは、白亜の宮殿の表玄関であり、向かい合って一辺を構成するのは、現代企業や銀行の建物です。さらに北辺に位置するのは、牢固とした王宮の側壁であり、その向こうにはバロック様式の教会の塔が望めます。そして街の中心街に面した南辺は電車通りです。

相良さんはいま、電車通りを横切って世界広場に足を踏み入れたのですが、さてどの方向に歩こうかと迷って立ち止まります。あまりに広くて北辺にいる人影が豆粒の人形のように見えます。中心付近には三ヵ所に噴水があり、敷石の路面からぼこぼこと水が噴きあがっています。水は正四角形に掘られた側溝に流れ落ちていて、遠目には三ヵ所の路面から水が湧き上がっているようにしか見えません。その三つの噴水に囲まれるようにして大きなモニュメントがあります。ちょうどいくつかの人の塊ができています。相良さんはモニュメントをめざして近づいていきます。するとと見覚えのあるふっくらと大きな尻尾の張子のリスが目に入ります。先刻首都広場にいたグループです。

「……この像は隣の州都への感謝として創られたものです。このクニの統一に向けての戦いの中で、この街の王家の軍隊に入って隣の街の人びとが協力したからです」

銅像は、鉄兜をかぶりゲートルを巻いた兵士が銃剣をかまえて仁王立ちしている姿です。台座の碑文には、〈我が軍に入隊して戦ったラミーノの兵士〉とあります。

「感謝のための銅像といえば聞こえはいいが、虎の威を借りて自分らの州都に覆いかぶさっている東のテイコクの支配を撥ね返そうとしたのさ」

例の丸い毛糸帽の老人がつぶやいています。

「そんなものさ。しかしこの街はこの街でまた西のテイコクと同盟を組んでいたからな。東のテイコクよりはもっと立派ないまに通じる考え方をしていたテイコクだったから、よりマシな選択だったのさ」

鳥打帽の男性が説明を加えています。

相良さんはそっと後ろに近づいて案内嬢の説明よりも老人たちの声のほうに耳を澄ませます。

「やあ、金太郎アメにまた会ったぞ！」

毛糸帽の老人が気づいて嬉しそうに声を上げたのです。

「金太郎アメをすっかり覚えてくれたのね、ありがとう！」

「忘れようたって忘れられるもんじゃないさ。どこを切っても金太郎の顔、また切っても金太郎の顔ってんだろう。どうせ金太郎って奴は、あんまり賢くはないが、憎めない奴なんだろうさ」

毛糸帽の老人は小柄な相良さんの断髪の上から声を降り注ぎます。相良さんはすっかり嬉しくなって、もう少し説明を加えます。

「丸まる太ってて顔も体も赤くて力持ちで、熊や鹿やお猿さんと友だちなんですよ。確かにあまり賢くはないようです」

「やっぱりな、そうだろうさ。この街の王家の君主殿を助けるには、むしろ金太郎のような奴のほうがよかったのかもしれんぞ」

老人が笑うと、鳥打帽の男性がふり向いて割り込みます。

「隣の州都の兵士たちをコケにしちゃいかんぞ」

鳥打帽の男性の目は厳しい。

「確かに、ワシはこの街で一番広いこの広場にある銅像が、名前のない一兵士だってことが気に入ってるぞ」

毛糸帽の老人が鳥打帽の男性に真顔で言うと、黒いショールの老婦人も輪の中に入ってきます。

「今日のコースで見た銅像は、みんな学校の教科書に載っている人物ばかりでしたからね」

するとさらに赤いフェルト帽の中年の女性が割って入ります。

「そうそう、でも兵士ですよ！　理想のために戦った兵士だとしても、みんな男ばっかり！」

男性ふたりが同時にぷっと噴き出します。

「女は年がら年中、野天の広場に立たせておくわけにはいかんだろう。第一ぶつぶつ文句を言うに決まってるじゃないか！」

鳥打帽の男性が大真面目に言い返します。どうやら四人は二組の夫婦のようです。

「それでも銅像になってる人はまだいいわ」

相良さんが言うと、四人は一様に怪訝な顔をします。

相良さんの脳裏には首都広場の群衆の怒声や、ラッコントさんから聞いた光景があります。遷都に抗議して斃れた人たちの大義がどこにあるのか、ほんとうのところは相良さんにはよく分かりません。それでも歴史の節目の渦の中で声を上げる名もない人たちの心には、止むに止まれぬものがあるはずです。その心や死はいずれにしても歴史というものに意味を付け加えて礎のひとつとなっていることは確かです。仮に意味のない死だったとしても、その意味のない死を何故死ななければならなかったのかという問いかけこそに意味があるのです。およそこの世に意味のないものなどないのだと相良さんは思ってみます。

「首都広場では〈祖国の父〉の銅像の他に、柱に取り付けられたプレートの碑文を見ましたよ」

四人は相良さんの説明を聞くと、互いに今日のコースには入ってなかったことを蜂の巣をつついたように言い立て始めたのです。すると張子のリスを振り上げた案内嬢の声が飛んできます。

「このコースの予定はここまでです。解散です！」


寒気が急降下しています。建物と建物の間の路地に入り込んだ相良さんは、それでもまだ何か「広場」と名のつく場所がありそうな気がして前に進みます。長い路地を抜けると、少し幅のある場所に出ます。しかし両サイドはまた別の外壁が聳え、前方にも黒っぽい建物の裏壁があって前を塞いでいます。長方形の空間は広場と呼ぶには狭い。第一どこにも名前のついた広場の表示がありません。相良さんは直進して前方の裏壁まで行ってみます。左右に人ひとりがかろうじて通り抜けられる隙間がありますが、その隙間は人の通り道としてあるのではなさそうです。相良さんはもう一度引き返して、四方の壁をくまなく眺めわたします。寒気はいよいよ強まり、天空には塵のような粉雪が舞い始めています。相良さんは目線を高くして表示を探します。すると肩をポンポンと叩く者があります。相良さんは驚いてふり返ります。

「まあ、ラッコントさん！　どこから来たの？」

「やっぱりあんたか。予感があたったぞ」

ラッコントさんはオーバーの襟を立ててベレー帽をしっかりとかぶって、待ってました！　とばかりに、にこにことしています。

「ワシはいま天から降ってきたのさ」

相良さんはもちろん信じませんが、いまここにラッコントさんがいることにこそ大きな意味を感じます。

「ちょうどよかったわ。ここはどういう広場なんですか？」

「広場ではないさ。ここは監獄の裏庭なのさ」

「監獄？」

「ほれ、あの裏壁の建物が監獄だったのさ」

「こんな街の中に？」

相良さんの中にある、隔離された場所にある監獄のイメージとはだいぶん違うのです。

「遡れば、百五十年前のクニの統一や遷都のときの抵抗者も入ったし、ついこの前の戦争のときの抵抗者も入ったのさ。まあ言ってみれば、どんな時代にも異議を申し立てて声を上げずにはいられない者たちを収容した監獄なのさ……」

ラッコントさんは、語り部の面目躍如よろしく説明して余念がありません。相良さんのような異邦人には特に念を入れて話さないではいられないのです。

「いまはもう監獄ではないにしても、何故その標を残さないのですか？　ほらあの首都広場のプレートのように……」

「ここは裏庭だからな。あんたのように迷い込んでくる者はそうそうはいないからな……」

ラッコントさんはちょっと口ごもります。

「以前、建物の正面に表示することを街に言ったがダメじゃった。建物の持ち主が承知せんのじゃよ。まあ無理もないことさ……」

建物の地上階はレストランであり、その上は賃貸のアパートなのだとラッコントさんは説明します。

「客商売には『監獄』の表示は営業妨害にもなりかねんからな……、はっはっは」

相良さんにはちょっと残念な気もします。街の至るところに「広場」のある生活を育んできた人たちなのに、やっぱり「監獄」までは共有できないのかと。

「……ワシの耳の底には夜昼なく、あの壁の奥から聞こえるムチの鳴る音や、人間の呻き声や叫びが聞こえてはなれんのじゃ……。広場に出してくれ！　広場で喋らせろ！　広場に集まれ！　そう叫ぶ声が耳からはなれんのじゃ……。だからワシは、一日一回はこのあたりをウロウロするのさ……」

ラッコントさんはいよいよ降り積もり始めた雪の空を見上げます。

「おお寒い！　ワシの役目はここまでじゃから、もうご無礼するぞ」

そう言って奥の裏壁の隙間に向かいます。相良さんも後を追おうとしますが、「あんたは向こうの路地に戻れ。こっちの隙間はワシだけの通り道なのじゃよ」と、謎めいた笑いを残してすっと隙間に消えたのです。

相良さんはしばらく呆然として裏壁を見つめています。気がつけば不思議な建物です。地上三階建てほどの低い建物で、裏側に窓というものがまったくないのです。街にある多くの建物はその用途によってたとえ小さくても何がしかの窓やベランダがあり、表側に表れる建物の表情とはまた違った風情をのぞかせているものです。裏庭からは十分確かめられませんが、高さよりも横に広がっているようです。監獄たる由縁なのです。

雪はいよいよ降りしきってきます。小さな長方形の裏庭に降り積もる雪は、あっという間に相良さんの身の丈を越えてしまう勢いです。それでも相良さんは、立ち去ることができません。黄色い断髪の頭を防寒帽で覆うことも忘れて、じっと立ち尽くします。

広場に出してくれ！

広場で喋らせろ！

広場に集まれ！

奥の黒っぽい壁の下のほうからは、何か幽《かす》かな音が聞こえています。細い細い風の唸るような、深い深い地の底から響いてくるような、そしてまた、はるか遠い遠い太古につづく人の叫び声のような……

立ち尽くす相良さんは、あっという間に、丸い目を見開いただけの小さな雪像と化しています。

春　街と春の祭

冬の間、硬く拳を握りしめていたような小さな石の街に、寒気のゆるみとともに戻ってくるものがあります。それは水の音です。街の中では広場にある噴水から流れ落ちる水の音です。ほんとうは冬の間も同じように流れていたはずなのに、冬の街ではまるで音が消えたように人びとの耳には届いていなかったのです。凍てた街の中では何もかもが身を硬くしているためです。人びとはコートの襟を立て、帽子を目深にかぶって背を丸めるようにして足早に歩くために、流れ落ちている水の音も聞こえないのです。しかし、実は握り拳ほどの石の街に戻ってくる噴水の音などはささやかなものです。街はもっと大きな水の音に囲まれていることに春の訪れとともに気づくのです。

ある日相良《ソーラ》さんは、明るくなった陽ざしに誘われて街の東側の外れまで行ってみます。街の中の噴水の水の音に気づいて数日後のうらうらと春めいた日のことです。愛用のリュックは背にしていますが、もう防寒帽はかぶらず、人目を惹く黄色い髪を風にさらして歩きます。街の東側の外れまでは、相良さんのアパートから十五分も歩けば行き当たる距離です。几帳面に引かれた建物の間のどの道でも東に向かって通り抜けると、視界が開けて目の前に大きな川が見えます。川岸を走る車道を横切って川辺の歩道に立つと、左右前方のどちらにも橋が架かっていて、川向こうの丘陵地帯につながっていることが分かります。

相良さんは右手前方の橋をめざします。というのは、その橋の少し手前の川面から雄壮な水の音が聞こえていたからです。橋脚の手前で水流の勢いを分散するためのテトラポッドが一列に頭を出していて、そこに当たって砕ける水の音が勢いよく聞こえているのです。春を迎えるための雨が降ったあとでもあって、川の水量もその流れもいかにも春の訪れを感じさせる豊かさです。

相良さんは車道に沿った歩道から川っぷちまで下りていきます。草木の斜面に沿った柵のない剝き出しの自然道を南の橋のほうへと歩いていきます。洪水になれば間違いなく水をかぶる自然道です。橋の手前までくると頭上の車道や橋上の車の音は耳の背後に退き、テトラポッドにはね返って流れる水の音だけが全身を包みます。相良さんは立ち止まって水の音に耳を澄ましていたのですが、目は向こう岸の樹木に覆われた川っぷちに惹きつけられています。街の中では決して目にすることのない自然のおおいさがそこにはあるように思えます。しばらくして相良さんは、橋を渡って向こう岸に行ってみることにします。

橋脚の手前の階段を上っていくと右手に大きな広場があり、左手は橋上の二車線の道です。右手広場の中央は自動車も市バスも路面電車も通るのです。だから人びとの憩いの場としての広場は、通路をはさんで南北に湾曲した線を描いて建っている建物の店先に面しているのです。相良さんは、右手に人びとの憩いの場を見やって車道を突っ切ると、南側の橋上の歩道を渡っていきます。橋上とはいえ二車線の車道には路面電車も通っていて、両サイドにはそれぞれカップルが腕を組んで歩けるほどの歩道があるのですから、その橋の大きさも分かるというものです。

橋の中央あたりで立ち止まって相良さんはひと息つきます。一気に歩けば息が切れそうな距離です。南方向の川下をしばらく眺めています。川面は薄い春霞に覆われ、左手の川の縁は樹木がたれ込め川面に影をつくっています。前方にも橋が架かっていて、その橋上の車道は右方向に進めば街の中央駅につづく道です。先刻までの水の音は、いまは相良さんの背後でいくぶんくぐもって聞こえるだけです。

橋を渡り切るとやはり車道が川に沿って走っていて、歩道もなく騒音が襲ってきます。しかし右手方向に車道を外れて入っていく細い道を見つけて進むと、川辺の自然公園の中にすっぽりと包み込まれていたのです。細い道は自然のままの石ころ道で、草地や低木や常緑樹や芽吹き始めた高木がいかにも自然のまま息づいています。右手の樹間越しに見え隠れする川面と対岸の街は、いまでは自然の中のほんのひとこまのように静かです。川向こうのひと握りの石の街と、そのほとんど人間の手の加えられていない自然のままの公園が、川ひとつ隔てただけでともに残され保たれているのです。そして川は、確かに石の街と自然とを隔てがいのある偉容さを持って流れつづけているのです。

いま樹木の間を歩いていく相良さんの黄色い髪はひときわ鮮やかです。

前方に公園の一方の出入り口が見えます。何か白いプレートのようなものがあり、相良さんは近寄っていきます。出入り口脇に立てたポールにとり付けられた白いプレートには、次のような一文が記されています。

この庭園は、自由のために斃れた
L・×××（一九××―一九××）に
捧げられる。

読みとって相良さんは、街の中で時々見かける同様のプレートをここにも見つけて何か粛然とした気持ちになります。いまそれと知らずに歩いてきたばかりの自然のままの公園は、庭園として、まだ一世紀も経ていない前世紀前半の歴史の記憶をそこに留めているのです。L・×××さんは、まだ三十代半ばの若さで獄死した文学者だということを相良さんも知っています。手を加えられていない自然と、その対極にある人の手によってなされ、歪められ蹂躙され、そしてまたなされる人間の歴史と、そこにまつわる目に見えるもの見えないものの破壊と再生のくり返しが、一枚のプレートと自然のままの庭園に凝縮されているかのようです。相良さんはいっときそこに立ち尽くしています。

やがてその場を離れると、車道と橋につづく道の交差点がすぐそばにあります。交差点を渡って丘陵側の左角にあるカフェへと向かいます。店先で五人の男性が何か盛んに話しています。店の前の丸テーブルを三つくっつけて三つ葉のクローバーのような円卓を囲んでいるのです。相良さんはその斜め後ろのテーブルに座って飲み物を注文します。街の人びとがふだん飲むコーヒーは一口か二口で飲み干す濃いエスプレッソですが、相良さんはいまは「アメリカン」を頼みます。大きいカップの底にエスプレッソ一杯分が入ったものと、白湯の入った別の容器が出てきます。この街ではエスプレッソを白湯で割って飲むのが「アメリカン」なのです。砂糖もミルクも入れないでそのまたっぷりと飲めるのが、その時の相良さんの気分に合っているのです。

クローバー様円卓の五人は個人商店の主人たちのようです。みな大柄ですが一様に小さなカップを前にして、もうみんな飲み干したあとのようです。

「店を閉めないって？」

「そうさ、近ごろはスーパーマーケットがあちこちにできて、わたしらの商売をおびやかしているからな。対抗するのさ」

「メーデーだせ。メーデーに店を開けるなんて、かえって客が離れるぜ」

「それよりバチあたりだよ、メーデーに商売をするなんて……」

五人のうち、もう十分老年の域に達しているとおぼしい三人が、メーデーに店を開けるという少し若手の個人商店主氏に口々に言っています。その四人より一世代は若そうな個人商店主氏は少し身を退いて笑みを浮かべて聞いています。

「時代が変わったのさ。これでも勤め人だったころは、組合の旗を持って先頭を歩いたものだが……」

メーデーに店を閉めないと言っている個人商店主氏が弁解するように言うと、根っからの商店の主人らしい風貌の老年組のひとりが、何か諭すような口調になります。

「そんなあんたが店を閉めないなんて、たった一日のことだぜ」

「勤め人だったときはよかったさ。だがいまは事情が違うよ。自前の店だもの、自分で守るしかないからさ」

「確かに最近はやたらとスーパーマーケットが増えてるからな。新参のチェーン店も増えて、街の通りごとに何がしかスーパーの看板を見かけるご時勢だからな」

「近ごろは土曜日も夕方まで開ける店が出てきたね。これこそバチあたりだよ」

「まったくだ、そのうちに日曜日まで開けるスーパーが出てくるんじゃないかな。そうなったらもうバチあたりどころか、世の中がひっくり返ったと同じだよ」

老年組の三人が口々に言うと、メーデーに店を開けると言っている個人商店主氏が、はたと意気をもり返します。

「それに比べればメーデーに店を開けるなんてのは、バチあたりどころか、かえって神のご加護にあずかれる心意気だと思いたいね」

この街では土曜日の午後と日曜日は、スーパーも個人商店もすべて店を閉めるのが長年の慣わしなので、老年組の三人が嘆かわしい気分を吐露しあうのも無理のないことなのです。するとそれまで黙って聞いていた一番若い個人商店主氏が、年長者たちの気分を引き立てるように口をはさみます。

「いっそ個人商店連合という看板を出してスーパーに対抗することをアピールしたらどうですかね」

「そんな連合はこれまでなかったぜ」と老年組のひとりが言います。

「いまつくるんですよ。今度のメーデーで旗揚げすればいいじゃないですか」

若手の男性は、自分も個人商店主のひとりだということを他の者たちにアピールするチャンスがようやく回ってきたかのように身を乗り出します。

「スーパーだってチェーン店としてネットワーク化してるから、個人商店も連合を組むくらいのことはすべきですよ。もちろん何かスーパーとはひと味違う商品の選択や売り方を考えるってことも大事ですけどね」

「それならテント市場の主人たちにも声をかけてみてもいいかもしれんぞ。彼らはわたしらの旧いライバルではあっても、スーパーほどの強敵ではなかったからな」

老年組のひとりが同調して、さらにアイデアを加えます。円卓の空気は急速にひとつの流れに収まっていくようですが、以前は勤め人だったという個人商店主氏は、やはり最初の考えを変えられないようです。

「わたしは、やっぱりあえて店を開けるよ。君たちといっしょにメーデーに参加しなくても、店に『祝メーデー』の張り紙でもしておくさ……」

人生の大半を勤め人として組織の中で働いたその男性は、いまは自分ひとりの考えで店を差配できる自由を曲げたくないようです。

円卓にしばし沈黙が訪れます。

相良さんは、聞くともなく聞いていた円卓の会話が途切れたのを機にテーブルを立ちます。店の中に代金を置きに円卓の脇を通り過ぎようとすると、個人商店主氏たちの視線が相良さんの黄色い髪にいっせいに集まります。相良さんは黙って通り過ぎようとしますが、五人の視線があまりにも強いことを感じて何か言葉を発しなくてはいけない気分になります。それで思いつくままに言います。

「メーデーのことは知ってるわ。わたしのクニでもメーデーはあります。でもクニとしてのお祝いの日ではなくて、学校も会社も役所もお休みにはなりません。それでも大きな団体に属している人や市民グループの人たちなどの集会やデモはあります。働く人たちのお祭りの日ですよね、メーデーって」

相良さんがちょっと問いかけるように言うと、最年長者とおぼしい白髪の個人商店主氏が穏やかな笑みを浮かべて言ったのです。

「メーデーっていうのは、春の祭だよ。『五月の女王』を仕立てて、花の冠をかぶせて、みんなが一日を楽しむための日なんだよ。ちょうどあんたのその黄色い髪が、花の冠の代わりのようでうってつけだ。まるであんたは『五月の女王』のようだよ」

相良さんは白髪の最年長者氏に向かって目を丸くしたまま立ち止まってしまいます。

「そうさ、五月一日の春の祭は、もっと古い伝統のある花や樹木の祭さ。いわば自然と人間が交歓する祭なのだよ。労働者の祭は後からきた祭さ」

老年組の別のひとりがさらに説明を加えると、他の個人商店主氏たちも口々にはやし立てます。

「『五月の黄色い髪の女王』だよ、あんたは！」

相良さんは、労働者のお祭りよりももっと旧い五月の花や樹木のお祭りのことを知ったのです。

北方の小さな石の街に遅くにやってきた春は一ヵ月ほどの間にその盛りを謳歌し、メーデーの日はとてもよい天気に恵まれ汗ばむほどの陽気です。相良さんはその街のメーデーを見るために出かけます。もちろん働く人たちのメーデーですが、ちょっと「五月の黄色い髪の女王」になった気分でもあります。人がたくさん集まる場所は嫌いな相棒の野馬《ノマ》さんは、その日も郊外に写生に行くと言います。「ワタシは労働者ではないからな。芸術家です。それにこんな天気のいい日に、窮屈な石の街の中をうろついて何が面白いんだ」と、相良さんに言ったのです。

街で一番大きな「世界広場」につづく一直線の旧市街をメーデーの参加団体は行進します。川岸に向かって橋の手前に開けた広場に人びとは集まり、各団体ごとにさまざまな意匠を凝らして順次世界広場まで行進するのです。その日は路面電車もバスも自動車も通行禁止になります。両サイドの歩道に面した店は、レストランやカフェを除いて大方の店が閉まっています。相良さんは、終着地の世界広場に近い古書街にもなっている歩道でメーデーのいくつもの行進を見ます。行進といっても多くはそれぞれの団体を表す旗やプラカードや横断幕を掲げた人たちが一団ずつ歩いていく光景です。いっせいにスローガンを唱和することもなく、ほとんどの団体の参加者たちは隣同士でお喋りしながらゆっくりと歩いていきます。中にはみんなが赤いバラ一輪を手にした団体もあります。

街の管弦楽団による行進曲を奏でながらのパレードが近づきます。歩道の人びとは立ち止まっていっとき耳を傾け、その華やかな楽隊の行進を一心に見守ります。それは相良さんの知っている、シュプレヒコールがくり返されるメーデーとは少し違った、フェスティバルの華やかさです。ちょっと風変わりなグループが現れます。小型トラックの荷台に櫓《やぐら》を組んで、そこに白い法衣をまとい、頭には白い冠をかぶって、顔も手も白塗りにした人が座っています。白い女性の法王さまのようです。トラックをとり巻いている人たちも顔や手を白塗りした白ずくめの衣装の小さな一団です。どういう団体なのか、そして何をアピールしようとしているのか、相良さんには分かりません。歩道にいる周囲の人たちからも何も聞こえてきません。何か演劇人たちのパフォーマンスのようでもあるけれど、ちょっとした異様さだけで他にインパクトはないのです。

そしてまた見慣れた参加者たちの光景がゆっくりと過ぎていき、目はすっかり目の前の光景の中にとり込まれたかのようです。そんな相良さんが、一瞬息を呑んで見入った一隊が現れたのです。二車線の道幅いっぱいに渡した真紅の横断幕が近づいてきます。ネクタイを締めた黒っぽい背広姿の六人の男たちが等間隔に横一列に並び、横断幕を腰の高さで持っています。そして数歩歩くごとに休止し、横断幕を一直線にして乱すことなくゆっくりと進んでくるのです。先頭の横断幕から数歩の間隔をおいて、両サイドを竿で張った少し短めの真紅の横断幕が天空に高く掲げられています。先頭の幕には白抜きで「国際メーデー」と記され、後ろの幕にはその団体の名称が白抜きで標示されています。名称はとても勇ましい闘争的なイメージのものです。

赤と黒の男たちの一隊です。赤は幕のひときわ鮮やかな真紅から、そして黒は黒っぽいスーツ姿のネクタイの男たちからくる印象です。一隊の中に女性の姿がないのも異様です。他の団体の日常の延長にある参加者たちのざわついた規律のない普段着のままの様相が一変して、赤と黒の集団が放つ規律の厳格さが目を惹くのです。真紅の幕を道幅いっぱいに張りつめて男たちの一団はゆっくりと数歩ずつ進み、立ち止まります。そしてまた数歩進んで立ち止まることをくり返しつつ前進してきます。マイクや拡声器を使って声を発することもなく、沈黙の視覚的な行進です。前を進んでいった団体のざわめきや音楽やマイクの声が遠のき、その一隊の視覚的な登場とともに静寂が訪れ、歩道の見物者たちのお喋りも消えたのです。みな一様にその一隊の通り過ぎるのを息をつめて見つめているかのようです。

「これは何ですか?」

相良さんは近くにいた古書街の店の主人に聞いてみます。がっしりした体軀だけど丸くなった背に老いを感じさせる男性です。彼は腕を広げて首をすくめ肩を持ち上げます。

「彼らもメーデーの一団さ」とそっけなく答えます。

「でも他の人たちとは様子が違うわ」

相良さんは古書を扱う人にありがちな口の重そうなその主人が、まだ何か口の中に含んでいる言葉があるような気がします。そんな相良さんの気配に古書店主氏はさらに言います。

「彼らも仲間さ。ちょっと頭が固いけどね」

古書店主氏は右の人さし指で自分のこめかみのあたりをツンツンと突っついて見せます。

「頭のいい人たちっていうことかしら？」

「さあね、頭がいいかどうか、わたしには分からないね。何しろ頭の良し悪しを計るモノサシをわたしは知らんからね」

相良さんは要領を得ない顔を古書店主氏に向けたままです。すると後ろから若い女性の声がかかります。

「あの人たちはあえて規律を誇示しているのだわ」

女性は相良さんと古書店主氏の間に入ってきます。

「他の人たちがだらだらして規律がないから、あの人たちは隊列を強調して他の人たちに暗黙のアピールをしてるのよ」

女性は厚みのある本を二冊胸にかかえて大きめのショルダーバッグを肩にかけています。大学の研究員ふうです。

「何か信奉してるものがあるのさ。自分らの考えることが絶対に正しいって思うことができるのさ」

古書店主氏は研究員嬢の出現で口の重さをとり払わざるを得なくなったかのようです。

「労働者や年金生活者などの団体は、自分らの暮らしに関わる利害がまず初めにあるのだが、あした者たちは、何か目には見えないものを相手にしているのさ」

「目には見えないもの？」

オウム返しに言うと、相良さんはあの川べりの公園にあったプレートのことを思い出したのです。

「そうさ、世の中は目に見えるものだけでできているわけじゃないからな」

「わたしは先日、川向こうの公園で、目に見えないもののために命をかけた人のことを書いたプレートを見たわ」

すると古書店主氏も研究員嬢もちょっと目の表情を変えます。

「前世紀前半のことだけど、あの川べりの公園を庭園として、『自由』のために斃れたその人に捧げるって書いてあったわ」

ふたりはそのプレートのことは知っているようです。

「ああ、ああいう人たちのことは大事に記録しておかないとな。何しろあの何でもひとつに束ねてしまおうっていう時代の中で、それに抗って斃れた人たちだからな。なかなかできることではないさ……」

古書店主氏が神妙に言うと、研究員嬢は重くなりそうな空気を吹き払おうとします。

「ひとつに束ねることに意味があったのも否定できないわ。始まりは多くの人たちが、何か新しい時代の到来を期待してひとつに束ねられることを歓迎したんだから……、あの筋肉マンを……」

「筋肉マン？」とオウム返しの相良さん。

「そうよ、機械文明の到来に倣って躍動感のある肉体を誇示したのだわ。それだけならまだ可愛いものだけど、それだけでは済まなくて、公共の建物の外観を古代ローマの威風をとり入れた様式に改築したりして、街ごと見た目の逞しさで人びとに威圧感を与えて支持を得ようとしたのだわ」

「確かに指導者としての力を誇示するためでもあったと思うがね。しかし時代の趨勢として近代的な新しいクニづくりをしようという力も働いていて、実際その効用もあったという側面もあるからな、始まりとしては……」

古書店主氏も落ち着いた口調で補おうとしますが、語尾を濁らせます。

「始まりがよければ、終わりよしっていうじゃないですか」と相良さん。

研究員嬢はうなずきますが、彼女の中にあるストーリーにはまだ収まりきらないものがあるようです。

「ひとつに束ねようとすることが昂じて、人びとの心の中身まで束ねようとしたから薄気味の悪いことになってしまったのだわ」

「心の中身まで束ねる?」と相良さんは穏やかではありません。

「特徴的なのは、働いたあとの余暇の時間まで手を加えたことだわ。働く人たちのための厚生事業のひとつだといえばありがたく聞こえるけれどね。スポーツ大会だの、アマチュア演劇だの、余暇活動のための専用施設もつくったのよ。庶民の理想的な家庭生活のための家具のコンクールまで企画して、お仕着せはどんどん拡大したのだわ」

「お仕着せ?」

「そうよ、子だくさんがあの手この手で奨励されたこともお仕着せだし、ひょっとすると人を好きになることにだって、見えない力が働いていたりして……。とにかく人びとが勝手に自然に過ごす時間にも手を加えて、それと気づかないままに心の中までがひとつに束ねられていくのだわ」

研究員嬢のボルテージはどんどん上がっていきます。

「確かに薄気味悪いわ、もしそうなら……」

相良さんには、いまいち実感のおよばない話だけど、研究員嬢の熱っぽい語り口調に思わず引き込まれてしまいます。いま相良さんの心は、研究員嬢の熱い語り口に束ねられようとしているのかもしれません！

「あんたが見たというあの川べりの庭園を捧げられてプレートに刻まれた人は、きっとその勝手にさせておきたい自分の頭の中や心の中にまで、力を誇示して手を加えられることが耐えられん人だったんだよ。それでそれに抗って命を絶たれたってことさ……」

背を丸めたままの古書店主氏が、静かな口調で相良さんに言います。

「考えたり思ったりすることは、誰にも邪魔されたくないわ、絶対に！」

研究員嬢は奮然として宣言するかのようです。

白いプレートは見えないものを見えるようにするための一枚なのだと、そのとき相良さんは思ったのです。

ちょうどそのとき、赤と黒の道幅いっぱいの男たちの行進が通り過ぎようとしています。三人はいっしょに通りに目を向けて、その鳴り物のない黙したままの一隊を見送ります。

「ずいぶん時間がかかったなあ。何しろ彼らの歩みは、他の団体と違うからなあ」

古書店主氏は何か感心するようにつぶやきます。

少しして、再び「日常」のメーデーが戻ってきます。新しい一団が誰も彼もがプラカードを掲げてわいわいと移動してきたのです。相良さんの目には、それまで通った団体の中でもとりわけ「日常」を感じさせる一団です。というのは、ジャンパーやカーデガン姿の男たちや女たちは、野菜や果物の絵を描いたプラカードをみなそれぞれ手にしてぞろぞろと歩いてきたからです。およそ組織というものとはほど遠い一団です。個人商店のおじさんやおかみさんたちの一団だったのです。相良さんは目を凝らします。あの川向こうの交差点脇のカフェで喋っていた人たちが中にいるのではないかと思ったのです。一団はがやがやと喋りながら進み、時におかみさんたちの高笑いも聞こえます。

相良さんは思わず通りの中ほどまで入っていきます。すると一団の中から声が飛んできたのです。

「おお、『五月の黄色い髪の女王』だ！」

よく見ると一団の中で手を上げているおじさんたちがいます。あの川向こうのカフェにいた老年組の個人商店主氏たちです。野菜や果物などの絵の下にそれぞれ店の名前があるだけで「個人商店連合」の表示は見あたりません。相良さんも腕を上げて応えます。

世界広場の南側にバスや路面電車の乗り場があります。メーデーの参加者たちが広場でその日のしめくくりをして三々五々帰路につくころ、相良さんもバスに乗ります。アパートに一番近い停留所を通るはずのバスを見つけて乗り込んだのです。運転手は若い女性です。これまで相良さんは女性の運転手のバスに乗ったことはありません。ふさふさした巻き毛のロングヘアが肩まで覆っていて、その頭の上にちょこんと庇のある制帽をのせています。バスの中にはすでにメーデーの参加者らしい数人が乗っています。相良さんは運転席のすぐ後ろの席に座ります。停留所が分からないときすぐに訊けるからです。

バスはなかなか発車しません。メーデーの参加者たちが少しずつ乗り込んできます。先刻まで通りや広場で掲げられていた旗や幕やプラカードもいっしょに持ち込まれます。それと分かる工場労働者や事務系労働者、サービス業系の人たちや年金生活者らしい人たちなど、みなそれぞれの職業や生活の基盤を表すものを表情や身ぶりの中にしのばせて乗り込んできます。そしてあの白い法衣と冠の白塗りの女性と、そのとり巻きの白ずくめの人たちも何人か乗り込んできます。白ずくめの人たちは後方まで進んでひと塊になっています。そしてまた、あの赤と黒の隊列の男たちも五人乗り込んできます。丸めた真紅の竿付の横断幕とたたんだ横断幕のその鮮やかな赤は、黒っぽい背広とネクタイの男たちの無表情と相まって、バスの中に一種の緊迫感を持ち込みます。

バスの中は混んできます。もう座席はすべて埋まり、通路にも人が立ち始めています。赤と黒の隊列の五人は座席には座らず、中央の降車口を塞ぐようにバスの内側に向いて並んで立っています。直立不動の姿勢です。相良さんはあまり混まないうちに出発してほしいと少し焦る気分ですが、女性運転手の制服の背中はじっとしたままです。まるでメーデーの人たちでバスの中がいっぱいになるまで待っているかのようです。

「発車は何時ですか？」

相良さんは身を乗り出して運転手嬢の肩越しに問いかけます。

「もうそろそろよ」

運転手嬢はちょっとふり返って両手を持ち上げる仕種をするだけです。

ようやくバスが発車するときにはもう車内はかなり混んでいて、乗客はメーデーの参加者ばかりのようです。まるでつい先刻までのメーデーの熱気を内に秘めた人たちが、一台のバスにつめ込まれたかのようです。いまはみんな口を閉ざしています。バスは街の中を走って決められた停留所に止まります。新たに乗り込んでくる人たちもいますが、バスの中がメーデーの人たちで混んでいることに気づくと、乗らないで次のバスを待つ人の姿もあります。すると、運転手嬢はもう停留所を素通りしていきます。街の中を北東方向に向かって鉤の手に進んでいたバスは、ふと気づくと相良さんの知らない停留所の前を素通りしていきます。もうそろそろアパートに近い見知っている街の中を走っているはずなのですが、相良さんは少し不安になります。

「おい、どうして××通りのほうへ行かないんだ。わたしは××で降りたいんだが」

途中から乗り込んだ男の客のひとりが訊きます。運転手嬢はちらっと視線を投げただけです。

「おい、どこへ行くんだ、このバスは」

語気を強める男の客に運転手嬢はようやく答えます。

「川の方向に向かっているのよ。今日はメーデーで、街の中はまだ人がいっぱいだから、川べりの道のほうが走りやすいわ」

「そんな勝手なことは許さんぞ。わたしは××で降りたいんだ」

「今日はメーデーでしょ？　働く人の祭だから、わたしも自由に自分の走りたいように走るのだわ」

運転手嬢はまったく意に介しません。

「そんな勝手なことは許さんぞ！」

「困るんだったらすぐそこの角で降りてよ」

運転手嬢はそう言うと、少し先の歩道際にバスを止めて前のドアを開けます。後から乗ってきた数人の客たちが憮然として降りていきます。相良さんも少し迷ったのですが、川の方向に向かっているのなら、いずれにしてもアパートの近くまで行けると思ってそのまま乗っていくことにします。

バスはやがて川沿いの道に出て北方向に向かいます。しかし相良さんが以前歩いたあたりとは少し違うようです。それでも同じ川沿いの道だからいずれ見たことのある風景が現れるだろうと思います。運転手嬢は何か口ずさみながら楽しげにゆっくりとバスを走らせています。右手に開けた川とその向こう岸から丘陵地帯へとつづく風景は、街の中の様相を一変させて、自然と人の手のなすものとの境界をはっきりと示しています。

少しして、バスの中にざわめきが起こっています。相良さんがふり返ると、赤と黒の隊列の男たちの中のふたりが、通路の人たちをかきわけながら前方と後方に移動しているのです。ふたりはそれぞれ横断幕の両サイドの竿を持って、バスの中で幕を広げているのです。そして人びとの頭越しに横断幕を掲げたのです。狭いバスの中で無言のうちになされたあっと息を呑むような行為です。メーデーに参加した他の人たちは、目の上の幕を見上げるのですが、突然のことで言葉になりません。みんな金縛りにあったように身を硬くして押し黙っています。そんな車内の異変を知ってか知らずか、運転手嬢は相変わらず何か口ずさみながら川べりの道を走っていきます。

相良さんは次第に不安がつのってきます。あのにぎやかだったメーデーの「日常」の参加者たちが、走る狭いバスの中では、まるで言葉を失ったかのように無言のままでいることも不安を増幅させます。

「すみません、このバスは××通りの近くを通りますか?」

相良さんはアパートに通じる通りの名前を言って運転手嬢に確かめます。すると運転手嬢はちらっと相良さんをふり返っただけで言ったのです。

「さあ、××通りなんて知らないわ」

相良さんはそのときになってバスを間違えたことに気づいたのです。そして運転手嬢の気ままさと横断幕を掲げた男たちの無言のパフォーマンスの両方に不信と苛立ちをつのらせます。

「どうしてバスの中まで幕を広げる必要があるんですか?!」

相良さんの席の横で竿を持って立っている男に声を荒げます。

「こんな狭いバスの中で自分たちをアピールしても、誰も見ていないわ! 川と川向こうの丘陵地帯には誰もいないじゃないの! 大きな自然に向かって何をアピールしようっていうの!」

相良さんはもう黙っていられないのです。それでも竿を持った男は無表情のままバスの窓外に目を据えています。メーデーの「日常」の参加者たちの中に小さなざわめきが起こりますが、言葉にはなりません。そして白ずくめの一団も無言のままひと塊になっています。

「運転手さん!、わたしを降ろしてください!」

相良さんは席を立つと竿を持っている男を押しやって言います。運転手嬢は少ししてバスを止めます。そして前のドアを開けると、相良さんに向かって両手を広げてどうぞご自由にという仕種をします。相良さんが降りると、「日常」を引きずったままメーデーに参加した人たちも次々と降りてきます。やがてバスは、赤と黒の隊列の男たちと白ずくめの人たちだけを乗せて、再び川沿いの道を走っていきます。赤い横断幕はバスの中で、相変わらず川と丘陵に向かって広げられているに違いありません。

相良さんは周囲を見渡して、アパートのあるあたりよりかなり北のほうに来ていることを知ったのです。それで川下に向かって歩き始めます。メーデーの「日常」の参加者たちもぞろぞろと後を歩き始めます。まるで「五月の黄色い髪の女王」を先頭にして、古来からの春の祭に集まった人たちの一団のようです。

川向こうからは、小さな小さな黄色い旗が一心に川下に向かって歩いていくように見えます。川の水の音も聞こえているのです。

夏　街とピッツァ屋

昼どきともなれば、街の通りにある店はシャッターを七分目ほど下ろしてしまいます。スーパーマーケットはもちろんのこと、パン屋さんも肉屋さんも惣菜屋さんも、野菜や果物屋さんも、雑貨屋さんや服飾店もクリーニング屋さんも……、みんな店の灯りを消しシャッターを七分目ほど下ろしてしまうのです。まるで街中が昼食のために鳴りをひそめてしまうかのようです。それでもレストランやカフェやコーヒースタンドはさすがにシャッターを下ろすことはありません。むしろ街の活気をこのときとばかりに集めようとするのです。そしてそれに負けないくらいに活気づく店が大通りにも裏通りにもチラホラとあります。店構えは小ぢんまりとしているけれど、店先からはチーズの焼けるいい匂いが漂ってきて客寄せをするのです。ピッツァ屋さんです。レストランやカフェやコーヒースタンドとはひと味違った街の昼どきのにぎわいを見せる店です。

街歩きを日課にしている相良《ソーラ》さんは、その日その日の昼どきをどこでどう過ごすかが思案のしどころであり、また相良さんなりの楽しみでもあります。街で働く人たちは家に戻って昼食をとるという習慣があって、十二時から十四時までの二時間が昼休みとして充てられています。相良さんもアパートに戻って昼食をとることもありますが、街の中で済ませることも多くあります。とは言っても相良さんには、レストランに入るのは少し大げさな感じがして気がすすみません。この街ではレストランにひとりで入るという習慣があまりなくて、数人でテーブルを囲むかふたりで向かい合うかのどちらかです。カフェはランチ向きではないし、やはりひとり客はあまり見かけないのです。コーヒースタンドにはサンドイッチのような軽食も置いてあり、こちらはむしろひとり客が多いけれど、カウンターで立ったままコーヒーを飲む人がほとんどです。サンドイッチを食べる人もいるけれど、やはり立ち食いです。テーブルはといえば、あってもほとんど店先の街路沿いに二つ三つあるだけだし、その上、人の行き交う中でその視線をものともせずに飲み食いすることに平気でなければならないのです。レストランにしてもカフェにしてもコーヒースタンドにしても、相良さんにはひとりで昼食をとる場所としてあまり気がすすみません。

そんな相良さんがよく利用するのがピッツァ屋さんです。ピッツァ屋さんもピッツァを売ってくれるけれど、食べる場所は自前で探さなくてはなりません。テーブルを数台置いていて何か飲み物を買って利用できる店もあるけれど、ほとんど塞がっていて役にたたないからです。その上ピッツァ屋の客の多くは学生などの若者で、その中に交じってピッツァを買うこともちょっとした勇気がいるけれど、それでも相良さんにはいちばん好ましい店です。

さてお目当てのピッツァを手にしたとしても、それをどこで食べるかが問題なのです。学校が開いているときは学校の中に持ち込んで、通路や中庭のベンチや自動販売機の置いてある小さな喫茶スペースなど探せば何とか食べる場所は見つけられます。学生たちも同じで、みんなそうしたところで思い思いに昼食をとっているから、異邦人とはいえ学生でもある相良さんも違和感なく紛れ込むことができるのです。

しかしいまは夏休みで学校は閉まっています。街歩きを日課にする相良さんにとって、昼どきの居場所探しは相良さんなりの工夫のしどころなのです。というのもこの街の街路は格子状になっていて、どの通りもそして方形の広場も一目瞭然の見通しのきく、あまりにも整然としたたたずまいなので、ピッツァをほおばる物陰など見つけるのは至難のわざです。若者たちは街路を歩きながら食べることも多く、それはそれで街の中に根づいた光景で違和感はないけれど、相良さんには真似られない食べ方です。

〝行列のできるピッツァ屋さん〟と相良さんが名づけている店があります。古書街や世界広場に通じている大通りの、歴史を感じさせる街並みの中にあります。学校にも近いことから学生もよく利用し、そしてとても美味しい評判の店です。店の間口は一間ほどの小さな店だけどいつも焼きたてです。歩道に行列になって焼き上がるのをみんな待ちます。店の主人は相良さんと顔なじみです。相良さんが毎回注文するのは完熟トマトの種をとったざく切りをチーズの上にたっぷりのせて焼いたマルゲリータです。鉄板で五、六十センチ四方の四角形に焼いたものを、十二、三センチ四方にカットした一片をアルミホイルにくるみ、紙ナプキンも添えてくれます。

「熱いから気をつけな」

主人は小さな手提げ用のビニール袋に入れて渡してくれながら声をかけてきます。その奥には奥さんもいていつも主人といっしょに笑顔を送ってくれます。

「ありがとう。暑い夏こそ熱々のピッツァを食べると元気がでるわ」

相良さんはそう言って次に待っている若者に急いで順番を送り店の前から立ち去ります。

お目当てのピッツァを手にしたとしても食べる場所を求めて川べりをめざしたり、学校の門が何かの都合で開いていないかと前を通ってみたりするのですが、結局アパートに戻って食べることになってしまうこともよくあります。熱々のピッツァも少し冷めてしまうのですが、それでも行列のできるピッツァ屋さんは相良さんにとってお気に入りの店です。街の歴史的建造物も多い通りの、ちょっと気どったレストランやカフェや服飾店などが居並ぶ中にあって、店の主人の気さくさがいいのです。大通りの中に紛れ込んだ下町の店といった風情です。

大通りではなくても、格子型街路のあちこちにピッツァ屋さんはあります。どこも店構えは小ぢんまりとしていて家族経営の店ばかりです。相良さんはアパートに戻らないで街歩きの日課に無理なく折り込める店はないものかと、店内のテーブルや椅子の有無などを確かめて利用してみるのですが、美味しさといい、店の雰囲気や店主との相性といい、行列のできるピッツァ屋さんをしのぐ店には出合えないままです。

そんなある日、街外れに店構えが少し広いピッツァ屋さんを見つけたのです。格子型街路からは切り離された大きな森のような公園に近い一角にあったのです。街に隣接する森のように見えますが、奥には王宮の遺跡があって森は王宮庭園と名づけられていることを相良さんは知ったのです。店は森の庭園に入っていく細い自然道の手前にあって、道の左右には樹木があり、その間にベンチも置いてあるのを見つけたのです。ピッツァを持ってその庭園入り口のベンチを利用すれば、昼どきをうまい具合に過ごせるのです。街外れの森の庭園だから人影もなく、ベンチを利用する先客もいなくて、まるで相良さんのために待っていてくれたかのようです。

初めて入った街外れのピッツァ屋さんは、初老の女主人と補助役の中年女性のふたりでやっている店のようです。ふたりはよく似ていて母娘のようですが、女主人が痩せ型で娘のほうは肥満型なのが対照的です。店にはピッツァだけではなく、菓子パンも置いてあります。街中《まちなか》のピッツァ屋さんと比べて店先の間口は広いけれど、中にテーブルや椅子は置いてありません。持ち帰り客専門の店です。昼どきなので数人の客がガラスケースの中の目当てのピッツァが並んでいる前で順番を待っています。相良さんは客の後ろからトマトののったピッツァを探すのですが見あたりません。順番がきて痩せ型のおかみさんと目が合うと、おかみさんはおやっというように新顔の相良さんを見つめます。三角にくぼんだ目に笑みはなく、ちょっと風変わりなリュックを背にした小柄な異邦人の女を値踏みするようです。あまりいい感じはしないけれど、目と鼻の先にある木立の中のベンチが目の前にぶら下がっていて、おかみさんの視線もスルリとかわせます。

「トマトのたっぷりのったマルゲリータはないですか?」

相良さんは行列のできるピッツァ屋さんのマルゲリータを思い浮かべて訊きます。

「今日はもう売り切れてしまったよ。ズッキーニはどう？」

おかみさんはズッキーニの輪切りをチーズの上に並べて焼いたピッツァを勧めます。

「じゃあズッキーニを一片ください」

「えっ、一片？」

おかみさんは呆れたように訊き返します。

「ええ、ひとり分だし、余分にあっても冷めてしまうから……」

相良さんが口ごもると、後ろにいた肥満型の中年娘のほうが口をはさみます。

「そうね、余分にあってもねえ……」

そう言っておかみさんをちょっと脇腹で押しやると、包み紙にズッキーニの一片を包んでくれます。相良さんは黙って代金の硬貨をケースの上の小皿に置いて包みを受けとります。背を向けようとする相良さんに肥満型中年娘がまたひと言つぶやきます。

「ひとりでピッツァ一片の昼食なんて……、時間を持て余しちゃってどうするのかしらねえ……」

クスッと肩をすぼめて揶揄するようなつぶやきです。

確かに相良さんの前にいた客たちは、みんな五枚、六枚と種類の違うピッツァを求めていたから、異邦人の女が一片だけのピッツァを求めるのは奇異なのかもしれません。それでも相良さんは庭園入り口のベンチを思い浮かべて気をとり直すのです。何といっても木立の中のベンチ付きだから、お目当てのピッツァでなくても、店との相性はいまいちだったとしても、ぜいたくは言えません。相良さんは樹木の間のベンチに腰かけ、リュックを脇に置いてペットボトルの水をとり出します。目の前には大きな針槐《ハリエンジュ》の樹があります。初夏に咲く白い総状の花はもう終わりだけど、いまは濃い葉群が樹木一面を覆っています。

「焼きたてではないけど、何といってもベンチ付きだから……」ひとり言をいって食べ始めます。するど誰もいないと思っていた針槐の陰から、突然十二、三歳の男の子が現れたのです。

「おばさん、どうしてこんなところで食べてるのさ？」

男の子は目を丸くして見つめる相良さんを悪びれることもなく見ています。

「どうしてって、ちょうどお昼の時間だからよ」

「どうして家に帰らないの？」

「家に帰ってると時間がかかるし、昼の間は家に誰もいないからね」

「おばさんはひとりなの？」

「おじさんがいるけど、いつも出かけてるから」

郊外に絵を描きにいくのを日課にしている野馬《ノマ》さんのことは詳しくは話しません。

「じゃあ何故、レストランに入らないのさ」

「ひとりでレストランに入るのは好きではないし、それよりこうして森のベンチで食べるほうがずっと美味しいのよ」

相良さんは正直に答えてから、男の子に問いかけます。

「それより、あなたこそひとりでここで何をしてるの？」

「いまは夏休みだからさ……」

男の子はそっけなく言ってぷいと横を向き、まだ何か言いたげです。

「夏休みだったら楽しいことがたくさんあるわね」

何か浮かない様子の男の子の気を引き立てようとします。男の子はそれには答えないで、相良さんの膝の上のピッツァをちょっと見て、またぷいと横を向いてしまいます。

「よかったらここに座ってピッツァをいっしょに食べない？」

相良さんはリュックといっしょにベンチの端に寄って男の子を促します。ピッツァはまだ手つかずの部分があってうまく分けることができそうです。

「いらないよ！」

男の子は向きになって語気を強めると、ぷいと背を向けて森の中に立ち去ってしまったのです。

それで次の日は運よくあったマルゲリータを二片注文します。

「おや、今日はひとりではないのね」

肥満型中年娘が詮索するようにからかいます。相良さんも意味ありげな笑顔で応えて店を出ると、急いで木立の中のベンチに向かいます。男の子が現れるのではないかと思って。案の定、男の子は針槐の陰から姿を見せたのです。

「やあ、こんにちは。今日もピッツァなの？」

男の子は昨日よりは少し陽気な様子で、その上、大人びた気配さえ見せます。

「今日はピッツァが二枚あるのよ。ここに座っていっしょに食べない？」

相良さんが誘うと、男の子はやはり首を横にふっていらないという素振りです。

「ぼくのことは気にしなくていいから、おばさん早く食べなよ」

大人びた口調で言ってニヤッと笑います。

「あなたはお昼をもう食べてここに来るの？」

「まあね」

返事はあいまいで、そうだともそうではないともとれます。相良さんには、男の子の印象がどんどん大人びていくようで不思議です。

それでその次の日は、マルゲリータ一片とチョコレート入りのコルネートを二個買います。ピッツァ屋さんがピッツァの他に菓子パンも売っているのは、街外れの店だからだと相良さんは思うのです。格子型の整然とした街中にあるピッツァ屋さんでは、まだお目にかかったことはないからです。店の広さがどこも小ぢんまりとしていて菓子パンまで並べる余裕がないのか、あるいは、ピッツァ専門の店であることを自負しているのかもしれません。

「おいくらですか？」

相良さんはコルネートの値段が分からないから、そう訊きながら十分おつりのくる紙幣をガラスケースの上の代金用の皿に置きます。

おかみさんは値段のことは言わないで紙幣をとると、現金箱から硬貨をジャラジャラととり出します。そしてその硬貨を何やらおもむろにケースの上に一枚一枚ゆっくりと広げて置いていきます。代金用の皿にまとめて置かないのは間違わないようにするための相良さんへの心づかいなのかと思います。しかしおかみさんは、いかにも大げさに一枚一枚数えるように、そして相良さんに見せつけるようにケースの上に広げていくのです。相良さんは見ていてちょっと多いのではないかと思います。コルネートの値段は分からないけれど、三日つづけて来た相良さんに少しおまけをしてくれるのかとも思えます。

おかみさんは三角の目で相良さんをじっと見ています。「おまけしますよ」とも言いません。相良さんはあまりいい感じがしなくて黙ってケースの上の硬貨をひとまとめにかき集めたのです。そして数えることもせず財布に入れてしまったのです。するとおかみさんはえっと驚き、呆れ顔になってなおも相良さんから目を放しません。相良さんは金縛りにあったように無言のまま背を向け、ふり向きもせず店を出たのです。

それでもいつものように木立の中のベンチに座ると、気分も落ち着きます。そして針槐の陰から男の子が現れるのを待ちます。せっかくのチョコレートのコルネートに招かれざる染みがついた気分はするけれど、男の子の喜ぶ顔を見れば気分は晴れるに違いありません。

少ししてやはり男の子は樹の陰から飛び出してきたのです。その日も相良さんを待っていたかのようです。

「やあ、こんにちは！」

「今日はチョコレートのコルネートがあるの。きっと好きだと思って……」

男の子はアハハと笑います。

「おばさん、あのピッツァ屋がそんなに気に入ったの？」

男の子は何か面白くなさそうに訊きます。

「中心街ではピッツァを食べれるところがないのよ。学校は夏休みだし……。その点ここは樹があってベンチもあるからね」

「おばさんの学校は中心街にあるの？」

「中心街にあって、新しくて大きな建物の学校よ。あなたももっと大人になったら通うことだってできるわよ」

「大人の学校でも夏休みがあるんだね！」

目を輝かせる男の子は年齢相応の少年です。

「チョコのコルネートはどう？」

相良さんは気をとり直して誘ってみます。

「ぼくはピッツァもコルネートも好きじゃないから、気にしないで食べなよ、おばさん」

男の子はまた大人びた口調に戻ってしまいます。

「まあ、そうだったの！　知らなくておせっかいだったわね」

相良さんがちょっと大げさに言って笑うと、ふいに後ろで声がします。

「アルベレット！　いないと思ったらこんなところで……」

ふり向いた相良さんがあっと驚くと同時に相手もびっくりしたようです。

「まあ、お客さん、こんなところでうちのピッツァを……」

男の子を呼んでいるのは、ピッツァ屋の肥満型中年娘です。

「アルベレット！　店に戻って手伝いなさい！　お祖母さんが探してるわよ」

男の子は驚いた相良さんの前で、拗ねたようにひょいと肩をすくめます。

「あなた、ピッツァ屋さんの子だったの……」

「ぼくはピッツァなんて嫌いだしアキアキしてるよ。夏休みなんて、早く終わればいいんだ！」

男の子は吐き捨てるように言って、お母さんのあとに渋々ついていきます。

次の日、同じ街外れの店に行くと、おかみさんが相良さんの顔を見て呆れたように皮肉な嗤い顔で迎えたのです。

「昨日はどうも。わざわざおつりを間違えてもらったようね」

おかみさんは何も言わないで嗤ったままじっと相良さんを見入ります。

「見えすいた仕方で人の心を試すなんて！　わたし変だと思ったけどせっかくだからおつりを全部もらったわ！」

おかみさんの顔から嗤いが消え、呆れ顔もいよいよ本気です。

「あなた、わたしが多すぎることに気づいて返すかどうか、わたしを試したんでしょう！　そういう見えすいたことをして人を試すなんて、わたしのほうこそ呆れたわ！」

言いたてた相良さんは、そこで一瞬言葉につまります。が、すぐにつづけます。

「……そういうのって、子どもの心まで貧しくしてしまうんじゃないかしら」

ようやく相良さんは二枚の硬貨を財布からとり出すと、おかみさんの目の前のガラスケースの上にピシャリ、ピシャリと音をたてて置いたのです。おかみさんも後ろにいる中年娘も、相良さんの突然の剣幕に開いた口が塞がりません。棒立ちになったふたりを尻目に相良さんは店を後にします。店先に男の子がいなかったことが相良さんにはせめてもの幸いだったのです。

相良さんの日課である街歩きはその後もつづき、それは格子型の整然とした街路を何かに魅入られるように幾通りにも歩いてみることでもあります。郊外の田園を求めて絵を描きに出かけるのが日課の野馬さんとは好対照の夏休みです。ほとんどの店がシャッターを七分目下ろしてしまう二時間の昼時間を過ぎれば、街はまた午後の活気をとり戻します。

相良さんは、街外れの森の入り口でのランチタイムはもうしなくなっていたのですが、あのアルベレットと呼ばれた男の子が、出没するごとに印象を強くした妙な大人びた様が心にひっかかったままです。そして格子型街路から外れた行き止まりなのか、あるいは王宮の遺跡を隠し持つ森への迷路めいた入り口なのか、判然としない街外れの一角が、出没した男の子とともに夏休みの間中脳裏に棲みつづけていたのです。
まるで真夏の蜃気楼の中の出来事のように。

秋　街と白い人

いつもより早い時間に日課の写生に出かけようとする野馬《ノマ》さんに、相良《ソーラ》さんは声をかけます。

「どうしてそんなに急ぐの？」

「木の葉がもうだいぶん落ちてしまったんだ。急がないと全部落ちてしまうじゃないか」

毎日郊外へ写生に出かける野馬さんは、季節の移ろいにとても敏感なのです。

「木の葉のない樹だって、写生すればいいのに……」

相良さんはつぶやきますが、野馬さんは、決まってフンと鼻を鳴らすだけです。そしてせかせかとドアを開けて出かけてしまいます。

確かにこのところ街の街路樹が、すっかり寒そうな様子を見せ始めていることに相良さんも気づいています。だけど赤や黄色の木の葉が街路や街路脇に散り重なっている様子も見ていて飽きないのです。それだけでなく色づいた街路樹の葉が日ごとに散っていくこの季節こそ、相良さんにとっての学校の授業が色濃く充実するときでもあるのです。というのも、相良さんにとっては言葉こそが宝物の授業で、赤や黄色の木の葉の重なりは、言の葉の重なりのようにも思えるからです。

その日も午前中の授業と午後一番の授業に出たあと、相良さんは頭の中のたくさんの言の葉の群れといっしょに街歩きに出かけます。学校の建物のあるあたりには街路樹があって、黄色い木の葉が舗道に舞っていたりするのですが、中心街のほうへと歩いていくと街路樹などまったく姿を消してしまいます。よく磨き込まれた敷石はいつも清潔で塵ひとつ落ちていません。時々建物の向こう側の車道を通る路面電車の音が聞こえ、そしてどこかでアコーデオンを弾く音がしています。それはまだどこか遠くで演奏されているらしく、弱い響きなのですが、それだけに郷愁を誘います。

ふいに白い木の葉のようなものが目の前をよぎります。相良さんはまだアコーデオンの響きに思いが捕られたままです。するともう一度白いものが目の前をよぎります。ようやく立ち止まった相良さんの前に白いものも止まります。全身白ずくめの人が相良さんをのぞき込んでいます。ゆったりとした裾まである衣装や髪もろともぴったりと頭にかぶった丸い帽子、はいている靴に至るまで白ずくめなのはもちろんのこと、露出している顔や首、手もすべて白塗りした白い人です。体形から女の人だと分かりますが、言葉はありません。ただ無言のまま目線を相良さんの目線に合わせ、そしてその目線を建物と建物の間から上空へと誘《いざな》うようにゆっくりと上げていきます。相良さんもつられて上空を見上げるのですが、細長く切り取られた淡い秋の空が見えるだけです。消え残った弱い陽ざしさえ定かではないのです。白い人はもう一度相良さんの顔に目線を戻して、何かうなずくような仕種のあと、ゆっくりと後ずさりしながら離れていきます。そして背を向けると舗道をすべるように遠ざかっていったのです。

あたりは高級感のある威厳に満ちた宝石店や服飾店などが居並ぶ通りです。どこからともなく現れた白い人を、店の中の人も通りを歩く人も特に気にかける様子もなく平然としています。まるで白い人など目に入っていないかのようです。街の人にとっては、特に目新しい光景ではないようです。少しして、立ち止まったままの相良さんにまた音が戻ってきます。建物の向こう側の路面電車の音、かすかなアコーデオンの響き、そして店の中の会話やレストランの中のふれ合う食器の音などです。

相良さんがこれまで見た白い人は、何かの集会や記念のパレードなど催しの場に現れて、その催しとはまったく無関係に、ただ独りで無言のパフォーマンスをする人の姿です。集会やパレードに参加する白ずくめの集団も見たことがありますが、そうした人たちは催しの趣旨に合わせたメッセージをアピールしようとしていることが分かる人たちです。いずれにしてもそうした集会やパレードなどの行事ではなく、日常の場に突然姿を見せ、通りがかりの人に何か無言の仕種をして見せる白ずくめの人にでくわしたのは、そのときが初めてだったのです。しかも相良さん自身が白い人の対象になったのです。とても不思議な気分です。

気がつけば広い方形の石の広場にいます。四方を囲む建物の一階は、ほとんどがカフェやレストランや劇場などのエントランスになっていて、いまや枯れ葉の舞う街路樹などはもちろんのこと、季節を感じさせる自然などまったく見あたりません。リュックを背にした黄色い髪の相良さんはちょっと場違いで気おくれするところなのですが、白い人の放った妙な念力と、午前と午後の授業でつめ込まれた言の葉の群れに圧倒されていて、気おくれなどしているヒマはないのです。授業は、まるで舞台の上で延々と独り語りをつづける先生の言の葉にひたすら耳を傾けるといった具合で、進行するにつれ、その口調はますます熱を帯び、たたみ込むように途切れることなくつづく、語りの独り舞台です。中には教壇を右に左にと移動しながら、腕を広げ顎を上げて、語りにメリハリをつける先生もいて、まるで舞台俳優そのものです。この街では語ることこそが言の葉授業の命なのです。

広い石の広場にはまだ人はまばらで、相変わらず遠くにアコーデオンの音色が聞こえています。広場の中を大きく円を描くようにぶらぶらと歩きながら、相良さんはぶつぶつと小さなひとり言をつぶやいています。相良さんが生まれたクニの言の葉と、授業で浴びた異邦人としてのこの街の言の葉がごちゃ混ぜになって、頭の中はいよいよ膨れ上がるばかり。すると、その朝いつもより早くアパートを出た野馬さんの言葉が、パチンと弾けて浮かんだのです。

「木の葉がもうだいぶん落ちてしまったんだ、急がないと……」

散り残った木の葉のある林を前にしている野馬さん……

……いま、寒そうな落葉樹の林を前にしている相良さん……、赤や黄の枯れ葉の中に見え隠れする丸みのある石、近づくと磨滅した石像、そもそもは表情や仕種のはっきりした半身像だったはずの石像……、年月の風雨にさらされて表情も仕種もいまでは幻影の如くに淡くなってしまった石像……、分け入った林の中の細く曲がりくねった自然道、前後左右に数え切れないほどの淡い面影を留めた大小の石像たち、そこにも、あそこにも、まるでかくれんぼでもしていたかのような……、大笑いをして口を開けた、一文字に結んだ、への字に曲げた口元、目を伏せて瞑想した、首を傾げてもの想いをした顔、寄り添った夫婦、親子、姉妹……、淡いながらもそれぞれの仕種と表情をかすかに残した石像たちの群れ……、

茅葺き屋根の小さな小屋、人ひとりが住めるほどの小さな小屋、板塀で囲った中に入って、引き戸になった板戸をトントンと叩く、何の応答もない、戸を引くとするりと開いてしまった板戸、遠慮がちに中をのぞくと、左側の明かり障子に向かって何やらぶつぶつと唱えている老人がひとり、白い顎ひげを伸ばしほうだいにした、粗末な作務衣姿で一心に唱えている小柄な老人が……、

――ちょっとお邪魔していいですか？

――……

――あのたくさんの石像は誰がつくったものなんですか？

――あれらはワシがつくって据えたんだ……

ふり向くことなく放たれる言葉、老人のものとは思えない張りのある……

――……、かなり磨滅していて、とても最近のものとは思えないのですが……

――ずっと昔にワシが彫って据えたからな、もうだいぶん磨滅したが、それを待っていたんだ……

――磨滅するのを待っていた？

――自然の力が加わって、初めてワシの彫った石像は完成するのさ……

――それじゃあ、あのどこか幻影のような姿かたちや表情は、自然に磨滅することを計算していたということですか？

――もちろんさ！

ふいにふり向いた老人の鋭い眼光、ドキッとしますが、なおも問いかけます……

――あんなふうに磨滅するまでには、二、三百年はかかります……

それでも無言のまま、明かり障子に向かって再びぶつぶつと何やら唱えつづけるだけの老人、白い顎ひげの……

アコーデオンの響きがすぐ近くに聞こえます。気がつけば相良さんはもう夕刻の広場の中にいます。晩秋の弱い陽ざしは消え、夕闇がうっすらと降りてきています。街角のアコーデオン弾きは、いまは広場の一角に移ってきて、途切れることなく演奏をしています。踏み台の上に立ったアコーデオン弾きは肩幅のがっしりした中年の男性です。ジャンパーの前を開いてアコーデオンをかかえ、肩を左右にゆったりと揺らしながらメロディーを奏でています。足下には投げ銭用の小さな箱が置かれ、ひたすら演奏しています。

広場にはまだ人の姿はまばらだけど、カフェやレストランの店先のテーブルにはチラホラと客がいます。相良さんもちょっとひと息つこうと近くのカフェのテーブルに座ります。すぐに店の中から給仕の男が出てきて注文をとります。

「カップッチーノをお願いします」

相良さんが街歩きの中で頼む飲み物は、いつも決まってカップッチーノです。大ぶりのカップにうっすらと盛り上がっているミルクの泡をコーヒーといっしょに楽しむひとときが相良さんのお気に入りの時間なのです。ほどなく運ばれたカップの泡をゆっくりと嘗めるようにしていると、ふいに横合いから顔をのぞき込む者がいます。先刻の白い人がぬっと顔を突き出して相良さんを見つめているのです。相良さんは急いでリュックから小銭入れをとり出し、二枚の硬貨を白い人に向けてテーブルの上に置きます。白い人はゆっくりと首を横に振って、それを手のひらで包むように相良さんのほうに押し戻します。それから、ただ黙って相良さんをじっと見つめ、右手でテーブルをトントンと叩いたあと、左手を石の広場の上空へとさし向け、視線も向けます。言葉のないその動作を相良さんもただ黙って追うだけです。

アコーデオンの音色が大きくなり、見れば奏者は左腕を大きく広げてジャバラを開き、そしてゆっくり波打たせるように閉じていくところです。白い人は隣のテーブルにいる山高帽の男の客に移っていき、やはり同じ動作をくり返しています。隣のテーブルもひとり客で、新聞を広げていて、白い人を一瞥しただけで、まるで無関心です。それからまた白い人は、二人客、三人客の別のテーブルへと移っていくのですが、どのテーブルも白い人に特別な注意を向ける人はいません。

アコーデオンの音色がさらに大きく強弱入り乱れてテンポも速くなってきます。すると、白い人はスーと小走りにアコーデオン弾きの前に移動したのです。そしてアコーデオン弾きに向かって両腕を広げ仰ぎ見たあと、あたかもオマージュを捧げるような身振りを披露します。アコーデオン弾きもそれに応えるようにメロディーを奏でるのです。

「ふたりはコンビなのかしら？」

相良さんは思わずつぶやきます。

「いや、そうじゃないさ。偶然さ」

隣のテーブルで新聞を読んでいた山高帽の男の客がつぶやきます。それで相良さんと男の客は互いに顔を見合わせたのです。男性は初老の年金生活者らしい余裕派のようです。

「これまでにも街のどこかで偶然鉢合わせして、互いを見ているかもしれないがね」

この街で生まれ育って暮らしてきた者なら、ごくあたり前に知っていることを口にするような口調です。

「アコーデオン弾きは、芸のためというより稼ぎのためだろうし、白いパフォーマンスのほうは、まさしく自分のパフォーマンスのためなのさ」

「自分のパフォーマンスのため？」

相良さんは訊き返します。

「見ず知らずの者や不特定多数の者に向かってパフォーマンスをすることで、何か異質なものを自分も見たいし、周りの者にも見せたいんだよ。異質な世界ってやつをね」

山高帽の男性は落ち着いた一家言あるふうのもの言いで、異邦人の相良さんに聞かせることにちょっと鼻を高くするようです。

「確かに何か目に見えないものを相手にしているようだわ、言葉ではない何か見えないものを……」

相良さんも山高帽氏に何やら触発されて、授業で圧倒されていた言の葉の群れさえ消えて、まさにとうとうと語ることこそが、パフォーマンスめいてくるのです。すると、独り語りで熱気を帯びる大階段教室の話者も、無言で白いパフォーマンスをする広場の人物も、互いを競い合うような舞台の上の演者の如く見えてくるのです。

隣り合ったふたりの会話はそこで途切れてしまいます。というのも、白い人がアコーデオン弾きの前でのひとしきりのパフォーマンスを終えて、丁寧なお辞儀をするや、またすべるように広場の中へと進んでいったからです。広場の中央でも無言のままの身振りをくり返しています。あたりにいる人びとは一瞬の視線を白い人に向けるだけで、何ごともなく会話をつづけ、それぞれ目的の方向へと歩いていくだけです。

相良さんは、白い人のいる広場の光景をじっと見ています。そこにいつのことだったか、偶然迷い込んだ林の中の石像の群れと、茅葺き小屋の白い顎ひげの老人の姿がだぶって見えてきます。いまでは、相良さんの夢想の中の出来事だったと思えるその光景は、石の広場にはまるで異質なものを重ね合わせたように溶け合うことをしません。頑丈な石造の建物に囲まれた方形の広場には、自然の持つ移ろいやすさや淡さはまるで無力なもののように思えます。鋭い眼光の老人が彫ったという石像さえも、磨滅したおぼろな表情や姿態をこそ待っていたのだと言う。それらが醸し出す丸く柔らかな空気は、枯れ葉の舞う林の中によく溶け込んで、まるで千年一日の如くそこにある。白い顎ひげの老人さえもが、いまでは丸みを帯びた石と化したもののように見えるのです。

白い人がさらに広場を横切り、向かい側の建物の灯りのついた店先に移っていきます。いよいよ夕闇の濃くなった中で、白い人の姿態だけが、ひらりひらりと、まるで天空から舞い降りた何ものかのように動いているのです。

冬　街と雪の日

何ごとも白黒はっきりしているこの街ですが、通りも建物も公園も何もかもの境界が消えてしまったかのように思えるときがあります。サラサラした雪が一昼夜、二昼夜と降りつづき、街は完全に雪の中に埋もれてしまったかのような雪の日のことです。石でできたこの街では、ふだんはおよそあいまいさとは縁のない空間の中で人は暮らしていて、街のたたずまいが人びとの気質さえも支配しているかのようなそんな街の、雪の日のことです。

街を仕切っているさまざまな境界が雪に消えたその日、中庭を見ながら相良《ソーラ》さんは相棒の野馬《ノマ》さんに言ってみたのです。

「白い雪の街を見て絵に描いたらどうかしら？」

すると野馬さんは、

「こんな白一色の街を見たってとても絵にはならん！」

と吐き捨てるように言ってとり合いません。ほとんど冬眠状態の野馬さんは、いまは好きな画集を見たり、画集の絵を真似して描いたりして過ごしているのです。

それで相良さんは黄色い上下の防寒服と防寒帽で身を包み、足には赤い雪靴をはき、目だけを外気に開いてひとり街の中に出ていきます。もちろん背中にはいつものリュックサックが張り付いています。狭い通りには人影もなく、車の音も左右の建物の窓からも何の音もなく、まるで雪の中に何もかもが吸いとられてしまったかのようです。見慣れているはずの通りのたたずまいも街角のコーヒースタンドのドアも固く閉ざされたままです。そんないつもと違う通りの様子に、相良さんの生来の好奇心がかき立てられるのです。

雪で埋もれた通りは歩道も車道も境界がなくなっていて、誰も歩いた跡のない通りの真ん中にも平気で入っていくことができます。赤い雪靴でひと足ひと足、跡をつけながら気ままに進んでいく相良さんは、いつの間にか自分がどこにいるのか見分けがつかなくなっていたのです。それでも街の外れに行かない限りは、碁盤の目のような通りで仕切られている小さな街なので、完全に迷子状態になってしまうことはありません。そのときも比較的大きな通りを探り当てて、路面電車の電線が上空に雪にまぶされていることを確かめるとひと息つきます。しかし電車が走っている気配はありません。レールも雪の下に隠れたままです。相良さんはさすがに少し不安になって、誰か通りを歩く人はいないかと目を凝らします。しばらくすると数メートル先の街角からふいにひとりの女性が子どもの手を引いて現れたのです。無人の雪の街によりによって子どもの手を引いた女性の姿を認めて、相良さんの凍りかけていた気分が一気に溶解するようです。

「すみません、今日は電車もバスも走っていないようですが、雪のためかしら……」

怪訝な顔をして立ち止まった女性は、大きな傘をさしていて、子どもを腰に引き寄せるようにします。傘をささないで目だけを見開いた小柄な相良さんの出で立ちに、不審そうな視線を向けたのです。

「ごめんなさい、こんな雪の日に傘もささないでフラフラ歩いていて変だと思われたかもしれませんが、わたし、ちょっと異邦人なものですから……、この雪の街が珍しくて……」

相良さんは語尾を濁して「ちょっと異邦人」などと言葉でおどけて女性を安心させようとします。何しろ目だけしか相手には見えないのですから、声と言葉で自分を表そうとしたのです。女性はほっと息をつくようです。

「この街の人ではないのね。こんな雪の街が珍しいなんて……。わたしたちには不便さだけしかもたらさない雪なんですけどね」

女性はそう言って、左右を見て自分がいま来た方向を向いてさらに言います。

「この通りをまっすぐ向こうに行くと、大きな広場に接した大通りがあります。そこまで行けば電車かバスか、走っているかどうか様子が分かるのではないかしら」

女性はそれだけ言うと子どもの手を握り直すようにして、「ちょっと急ぎますからこれで」と硬い表情のまま足早に立ち去っていきます。相良さんは女性の背中にお礼の言葉を投げかけて見送りますが、この寒さの中で子どもの手を引いて歩く女性が不思議なものに思えます。逆に女性のほうでも不思議な異邦人の女だと思ったに違いないのですが。

女性とは逆方向に歩き出した相良さんは、間断なく降りつづく雪に視界もままなりません。それでも引き返そうという気にはなれません。雪に足をとられながらかなり歩いたと思ったころ、前方に何か黒っぽい一本の杭のようなものが見えます。近づいていくと、広場に隣接した大通りの交差点のようです。レールは雪の下に隠れていますが、上空に電線があります。そして黒っぽい杭のように見えたものが交差点の真ん中に立っていて、四方に少しずつ向きを変えているのです。その杭のようなものの周りには、およそ十数本と思える柄付き傘がぶらさがっています。杭ではなく、それはひとりの男性の立ち姿だったのです。両肩に前後振り分けにした柄付き傘をぶらさげ、両腕にも数本の傘がかけられています。

「傘はいらないかい？」

相良さんに気づくと、男性は声をかけてきます。相良さんの目には長柄の傘をぐるりとまとった動く一本の黒い杭のようです。全身黒っぽい衣服を身にまとっていることもあるのですが、その声が発せられている顔も黒く光っていて、見開かれた目の中に白い部分がわずかに確かめられるだけです。黒人の男性だったのです。

「交差点の真ん中に立っていて、危ないですよ。電車が来るかもしれないわ」

相良さんは近づいて声をかけます。

「電車なんて来ないさ。この雪でバスも電車もお手上げさ」

黒人の男性は傘をぶらさげた両腕をちょっと持ち上げて肩をすくめてみせます。気がつけば、男性はスラリと背丈のある、まだ二十歳そこそこの若ものです。

「ここに立っていて、人は通るのかしら？」

相良さんは、電車もバスも通らない四車線の一直線に延びた雪の道路を左右見回します。どうやらそこはもう街の外れで、右方向は郊外につづく道のようです。目を凝らすとおよそ百メートルの間隔を置いて、左右両方向の両サイドに同じような黒っぽい杭のようなものが立ち並んでいるのが分かります。まるで白と黒のコントラストを映した映像を見ているようです。

「みんな仲間たちさ」

黒人の青年はキラリと目を輝かせて相良さんの驚きに応えるように言います。

「まだ午前中だからね。あまり人も車も通らないけれど、午後になれば人の姿が現れるさ」

いかにものんびりと言って、少し笑って白い歯をのぞかせます。

「確かに雪は降っているけれど、朝も降っていたから、傘を使う人はもう持っていると思うわ」

相良さんはおよそ採算の合いそうにない傘売りを、若い黒人青年のために気づかって言います。

「まあ、あまり売れないかもね。向こうにいる仲間の中には花を持っている者もいるよ」

「まあ、花も?!」と相良さんは驚きます。傘よりはよさそうだけど、いずれにしても人が通るかどうかが問題です。

「何故わざわざこんな雪の日に？」

相良さんはこれまでもこうした人たちが街の中で物売りをしている光景をよく見かけていたの

ですが、その日の雪の中の光景はちょっと異様です。

「まあ、今日のような日は商売気はあまりないよ。仲間たちとこうして街の中に出ているってことが大事さ」

何やら茶目っ気のある悪戯っぽい口調です。そこに雪があるから立っているだけ、と言いたげです。

以前相良さんは学校で授業を聴いたあと、建物の玄関口でいつの間にか降り出していた雨で困ったことがあります。ちょうどそのとき、玄関口で折り畳み傘を両手に何本も持って売っている中年の黒人男性がいて、一本買ったことがあります。そのときはほんとうにグッドタイミングでありがたかったことを思い出したのですが、その日の光景はいかにも奇妙です。青年のいう仲間が一直線の道路の両サイドに等間隔に並んで黒い杭のように立っているのをしばらく見ていた相良さんは、その通りが以前郊外にある大型の多目的スーパーに行くとき利用した電車の通りだったように思えます。

郊外に向かう電車には、街の中で見かける人たちとは少し雰囲気の違う、街の外からやってきた労働者や、移民として海を渡ってきた肌の色の違う人たちが多く乗り合わせていたのです。そのある種の繁雑さと放埒《ほうらつ》さの漂う中に乗り合わせていることが、同じ異邦人でありながら、妙に居心地のよくない気分でじっと息をひそめていたことを思い出します。

「もう少し向こうのほうへ行ってみるわ」

相良さんはいっときもの思いをした頭の中をふり払って、黒人青年に片手を上げると郊外の方向へ歩き出します。

「もの好きだね、ハハハ……」

黒人青年は白い歯をのぞかせて笑うと、手にした傘の柄を持ち上げて相良さんに応えます。

「あら、もの好きはお互いさまじゃないかしら」

ふり返って相良さんも、もう一度手を上げて応えます。

百メートルほどの距離を雪に足をとられながら、ゆっくりと次の黒い杭のような人のところまで進んでいきます。やはり黒い肌の青年ですが、先刻の青年よりもう少し年上らしく、落ち着いた感じです。

「傘かい？」

青年は無愛想に訊きます。交差点の真ん中にいた彼のような人なつこさはありません。

「何故なの？　こんな雪の日に……」

相良さんはやはり同じ問いを口にします。

「傘が必要な人のためさ。君もそうなの？」

「わたしは違うわ。雪が降っていることが分かっていて、それでも傘を持たないで出てきたから」

「どうして？　傘があったほうがいいのに……」

「あら、あなたたちだって傘をささないで傘を売っているじゃないの……」

「ボク等は若くて元気だからね。それにほら、防寒帽やジャンパーがあるからさ」

「わたしだって、ほらこのとおりだわ。それに雪はサラサラしてて簡単には融けそうにないし、傘がないほうが雪の中を自由に歩けるし……」

「まあね、でも中には年寄りだっているからさ。傘なしで出かけちゃったなんてうっかり者だって……」

思慮深そうな青年の口から出る言葉は、いかにも効率の悪い間尺に合わないものです。それでもその日の黒人青年たちの行為は、その行為そのものが何か大切なもののようで、常識的な言葉では弾き返されるようです。

「もっと先に行ってみるわ。花を持っている人もいるというから……」

片手を上げて、迷うことなく先に進みます。

「向こう側に渡ると、花を持っている人がいるよ、きっと」

呼びかけてくる声にもう一度手を上げて応えると、四車線の車道を横切って向かい側をめざします。途中二ヵ所レールがあることも確かめたのです。レールのあるところは除雪車が通ったらしくいくぶん雪の積もり方が少な目です。向かい側の歩道に上がると、さらに郊外の方向へ向かって歩きます。そのあたりはまだがっしりとした石の建物があって、地上階は何がしかの商店の看板があるのですが、雪に紛れてひっそりとしたままです。

百メートルほど歩くと、やはり黒い杭のような人影があります。確かにいくつもの花の束をかかえています。近づいた相良さんを驚いたようにふり向いたのは、同じ黒い肌の人ですが、若い女性です。黒い皮のジャンパーとスラックス姿で、遠目には男性と変わらない黒い杭のように見えたのです。

「何故、こんな雪の日に花を売ってるの？」

「あら、こんな雪の日こそ花を欲しいと思う人がいるのよ」

「確かにこんな雪の中に閉じ込められると、色彩のある花は気分を明るくしてくれるわね」

「ひと束いかが？」

黒く艶のある顔に笑みを浮かべて黒人女性はさっそく勧めます。思わず手が出そうになった相良さんですが思い止まります。

「欲しいけど、まだ帰るときではないから。帰るときまた会えたらぜひ欲しいわ」

黒人女性は、赤い唇の間にわずかに白い歯を見せてうなずくと訊きます。

「何故こんな雪の日にひとりで歩くの？」

「いつもと違う街の中を見たくて歩いているだけだわ。わたしちょっと異邦人だから……」

相良さんはその日最初に会った子ども連れの女性に言った言葉を再び口にします。そして、以前郊外にある多目的スーパーに行ったとき乗った電車のことも思い出したのです。異邦人の中の異邦人だったことを。すると、かすかにレールの軋む音がするのです。いま来た方向をふり向いてみると、何と、路面電車がノロノロとレールの雪を左右に弾きながら進んでくるではありませんか！　その日初めて目にする動く乗り物です。ちょうどいい、あの電車に乗れば郊外に行ける。多目的スーパーは年中無休だったことも思い出したのです。

相良さんは、黒人女性に会釈して少し前方にある停留所へ向かいます。電車はノロノロ運転で、相良さんは余裕をもって停留所まで行くと、手を上げて合図をしたのです。ドアが開き運転手席の前方ドアから乗り込んだ相良さんは、車内が思いの外混んでいることに驚きます。こんな雪の日に、街の中や通りには人影もなかったのに、何故その電車だけが人であふれているのか不思議です。そして奥に進もうとしてふと乗客たちに視線をめぐらしたとき、さらに驚いたのです。乗客たちはみんな黒い肌の人たちだったからです。郊外に向かう電車だとしてもいかにも異様です。

街には確かに海を渡ってきた黒人系の移民の人たちが多くいて、広場や路上で物売りをする光景は街の日常に溶け込んだ風景です。多くは女性用のスカーフや装身具をいつも決まった場所で露台を組んで広げている人たちであり、傘を持ち歩いて売っている人たちの光景です。いつも決まった場所で行商をする人びとの一団は、街の市民であるという印象からは明らかに外れていて、他のクニからやってきた人たちであり、その塊なのです。

相良さんの乗り合わせた電車はそうした人たちの塊によって埋められていたのです。そしてふと気づくと、電車は、とある街角を大きく蛇行して曲がり始めたのです。郊外の多目的スーパーに行ったときの、ただひたすらに直進したときの方向からは外れてしまったのです。どこへ行くのかしら？　相良さんは、うっかり乗ってしまったことに不安と後悔を覚え始めたのです。やがて電車は、大きな川に架かっている橋を渡り始めます。

そのときになって相良さんは、ずっと以前行ったことのある場所を思い出したのです。その街に住み始めたころのことです。橋を渡って最初の停留所で降りたことを思い出したのです。まさに思ったとおり電車が止まると、車内から次々と人が降りていきます。相良さんもいっしょに降りて、黒い人びとの塊がゾロゾロと歩く方向に目をやったとき、記憶の底に沈んでいた光景を目の前にしたのです。違っているのは降りしきる雪の中で目にしているということだけです。

電車の通りからそれて、斜め前方に向かう脇道沿いに灰色の塀が長々と延びています。黒い塊の人びとは塀沿いに無言のまま歩いていき、塀の途中にいきなりぽっかりと開いた口の中に吸い込まれていくのです。入り口とも出口とも表示のない、黒い鋼鉄の板を左右に押し開いただけの口の中に誰ひとり紛うことなく吸い込まれていくのです。

相良さんも塊の最後についていてその口のところまで行ってみます。

「許可証かい？」

塀の内側にいた男の警備員が訊きます。

「違います」

相良さんは首を振って、中に入ることはできないけれど少しの間そこに立っています。

「じゃあ閉めるよ。今日はどうしても今日でないとダメな者たちのためにだけ開けたからね。何しろこの雪だからね」

警備員はいかにも面倒そうに言うと、左右の扉らしい鋼板を閉めてしまったのです。

閉じた塀の前で相良さんはいっとき立っています。この街に住むための滞在許可証をもらったときのことを思い出したのです。……

百メートル四方もありそうなコンクリート床にぎっしりと置かれた長椅子には、押し込められたように黙々と順番を待つ人びとがひしめいています。手つづきの窓口のあるフロアと金網で隔てられた待合室は、まるで人種の坩堝《るつぼ》のような人の塊で埋められているのです。金網の向こう側から見れば、歓迎されざる〝よそ者〟の群れのようであり、金網のこちら側からは、無機質に居並ぶ窓口は、まるで取りつく島のない洞穴の群れのようにも見えるのです。

金縛りにあったように立ちすくむ相良さんは、雪で埋まった塀沿いの道で、ますます白一色の世界に埋もれていくばかりです。すると、

——こんな白一色の街を見たってとても絵にはならん！

その朝相棒の野馬さんが言った言葉が、ふいに耳の底に聞こえたのです。

春　街と空気

どんなに頑丈な石の街であってもなすすべもなくお手上げになってしまうものがあります。街の人びとにとって、堅固な石の建物の住人であることがいざとなれば身を守る最後の砦でもありますが、反面、脱け出すことが何よりも解放感を得ることでもあります。だからふだんは街へ、郊外へと出かけることをとても大切にしています。とりわけ凍てつく長い冬から解放される春の気配の訪れは、人びとが硬い石の殻を脱ぎ捨てるように街へ郊外へとくり出す絶好の季節なのです。

ところがちょうどそのころ海の向こうの小さな島で火山の大爆発が起き、大量の火山灰とガスが発生したというニュースが流れています。それだけでなく、近年の地球環境の大きな変動で、巨大なサイクロンが発生し、これまでに経験したことのない暴風が火山灰やガスを撒き散らし、海を越えたこちらの街々にまで運んでいるというのです。おまけに暴風による森林火災まで併発して何日も燃えつづけているというのです。人びとは待ちかねた春の訪れの出ばなをくじかれて外出を見合わせています。

そんなある日、相良《ソーラ》さんは久しぶりに広場のテント市場に行くことにします。すぐ近くにスーパーマーケットができたこともあって、冬の間青空市場には足が遠ざかっていたのです。陽ざしに春の明るさを感じたその日、冬の間冬眠生活だった相棒の野馬《ノマ》さんも久しぶりに郊外に出かけた朝のことです。リュックを背に冬の間かぶっていた帽子は脱ぎ捨て、黄色い髪を風になびかせて街の中へと歩き出したのです。

まずはしばらくご無沙汰していたボナさんのいる市場をめざします。テント市場は昼過ぎにはもう店じまいをしてしまうからうっかりしてはいられません。アパートの向かいの通りを一街区歩いて右折すれば市場はもう目の先です。左手にずんぐりした中世の教会の背面が現れ、小さな通りをはさんで右手の四角形のくぼみが広場です。所狭しといくつものテントがひしめき合い、その下には色とりどりの果物や野菜が山盛りになって見えるはずです。店先に相良さんが姿を見せたとたん、びゅーっと笊を飛ばすボナさんの大柄な姿が目に浮かび、相良さんははやる気持ちで四つ辻を右折します。

ところが目の先に市場の光景はなく、ただ四角い石の広場が閑散と姿を現したのです。

「変ねえ、日曜日でもないのに……」

ひとりつぶやいて広場に近づいてみますが、人影はありません。この街では日曜日はスーパーもテント市場もその他ほとんどの店が閉まってしまうのですが、その日はまだ週の半ばです。周囲の建物の窓も閉じられたままです。古武士のような風貌のボナさんがテントの奥で笊を持って、山盛りにするんだぞと言わんばかりに待ちかまえているはずだったのですが……。

相良さんは仕方なく中心街のほうへと歩いてみることにします。鉤型にいくつか街区を縫って、自動車道を横切っていくのですが、途中には学校の建物もあります。このところ相良さんの聴く授業の予定はないままだったので、ただ通ることにします。ところが学校の門も閉じられています。学生の姿も見あたりません。相良さんはいよいよ不思議な気分になってますます街の様子が知りたくなります。

路面電車の通りに出て、旧市街の面影を残す電車通りを右手古書街のほうへと向かいます。古本を扱うトンドさんの店に行けば何か情報がありそうです。丸い鼻眼鏡の小柄なトンドさんに会うのも久しぶりのことです。ところがいつもだったら古書街のアーケードに並ぶ紙芝居小屋ふうの古本の店も閉まっています。中ほどにあるトンドさんの店まできたのですが、やはり閉まっています。相良さんが通れば、突然書棚の裏から声をかけて、相良さん向きの本を嬉しそうに見せてくれるに違いなかったのですが……。

いよいよ不思議のカタマリになった相良さんは、古書街の突き当たりにある世界広場まで行ってみます。その広場はテント市場として利用されないけれど、いろんなイベントや集会のために利用される、街でいちばん大きな広場です。その広さと言えば、広場の端から向かいの端にいる人がたとえ顔見知りだったとしても見分けがつかないほどの広さです。そこも散策する人もなくがらんとしてもぬけの殻です。中央にある噴水に囲まれたモニュメントの兵士の像だけが変わりなく姿を見せています。

右手に広場を見ながら二街区歩いて左折すれば、いよいよ街でいちばんおしゃれで高級な店が並ぶ中心街へとつづきます。相良さんにとってふだんはあまり馴染みのない場所ですが、あまりにも人気《ひとけ》がなくて、気おくれなどどこかに忘れてしまっています。その中心街の主人公とも言える優雅でおしゃれな広場にやってきます。完璧な長方形に整った四方を、美しく磨かれた大理石の重厚な建物で囲まれ、レストランやカフェや劇場のエントランスなどのある広場です。

「ちょっと、あなた、どうして出歩くのかね？」

ふいに背中に声がかかります。アパートを出てから初めて聞く人の声です。ふり向いた相良さんを重装備したお巡《まわ》査りさんが目を見開いて見つめています。

「どうしてって？　近くのテント市場に買い物に出たのに誰もいなくて、店を探してどんどん歩いてきただけです」

お巡査りさんはいっそう目を見開いて訊きます。

「あなた、知らないの？　海の向こうの島で火山が大爆発したことを……」

相良さんがきょとんとしていると、お巡査りさんは、かつてないほどの大きなサイクロンが発生して火山灰やガスを遠くまで運んでいること、その影響で飛行機が飛べなくなって、近隣の街のいくつかの空港が閉鎖されていると言います。そしてこの街にも火山灰やガスの影響が懸念されていると言うのです。それから身をかがめて相良さんの耳元に声をひそめて言います。

「実は、火山灰やガスだけでなく、何か謎の物質もいっしょに巻き上げて暴風に煽られているんだ……」

「謎の物質って、何ですか？」

相良さんはきょとんとしたままです。

「何なのか分からないから、謎の物質なんだよ。だからみんな家にいるようにと呼びかけられているんだ」

「そんなに遠くからいつまでも火山灰やガスが漂いつづけるなんて、あり得ないわ。おまけに謎の物質だなんて……」

相良さんはよそ者だと思ってからかわれているような気がします。

「暴風だけでなく、森林火災まで起きて、それがいまだに消し止めることができていないんだ。それくらい暴風が吹き荒れて……、とにかくいろんな灰やガスが混ざり合って危険なんだよ。あなた、テレビや新聞を見ていないの？」

お巡査りさんはちょっとあきれ顔で訊きます。

「あまりそういうものは見ません……」

相良さんはあいまいに口ごもります。というのも、相良さんのところにはテレビもないし、新聞は学校で誰か学生が読み捨てたものを教室で見るくらいだからです。

「そういうものがなくても困っていませんから……」

やはり口ごもりながら少し恥ずかしそうに目を伏せたのです。

「ふーん、そういう人たちもいるとは……。戻って上の者に報告することになるが、とにかくいまは家にいることだね。そういう呼びかけが街中にされているんだよ。いずれ街頭パトロールで何らかの知らせもされるだろうから、聞き逃さないことだね」

お巡査りさんは、あきらかによそ者だと見てとれる相良さんに気づいて諭すように言います。そして相良さんが立ち去るのを見届けるふうです。

仕方なく相良さんは戻り始めます。謎の物質とは何だろう。火山灰もよくないけど空気に混ざって風に吹かれてくる謎の物質……、目に見えないもの……、みんなが建物の中に閉じこもって、なすすべもなく息をひそめるなんて、街の一大事です。ふだん空気のように何も意識することもなかった「空気」と、堅牢な石の街が睨みあっているのです。街にとってはのれんに腕押しの何とも手ごたえのない相手です。

野菜や果物は手に入らなかったけれど、相良さんはふと馴染みのパン屋さんに行ってみることにします。アパートに近い通りに面した店の前に来てみると、シャッターが半分ほど下ろされています。下半分のガラスドアから中をのぞくと、薄明かりの中で店のおばさんの姿が見えます。相良さんがコンコンとドアを叩くと、おばさんは気づいてシャッターを押し上げて中に入れてくれます。そしてまたシャッターを半分ほど下ろします。

「どうしていつものように店を開けないの？」

相良さんはパンを注文する前に訊きます。

「だって街中みんな家にいなくちゃいけないからね。それでもその日のパンが必要な人は一日に何人かはいるからね」

「パンはどうしても必要だし、たくさんまとめて買っておくこともできないし……」

相良さんはうなずきます。

「いつまでこうなんだろうね、火山灰やガスもよくないけど、何か変なものまでいっしょだっていうから……」

おばさんはため息をつきます。

「何か変なものって?」

「それが分からないから、みんな外に出ないいんだよ。毎日毎日あたりまえだった暮らしが、突然断ち切られてしまったんだよ……。何に腹を立てていいのかさえ分からないんだよ……。これじゃあ街はもうお終いだ、まるで街が死んでしまったみたいだよ……」

おばさんは何度もため息をつきます。人気のない街を歩いてきた相良さんも、おばさんの言葉は大げさなものではなく、ほんとうに街が死んでしまったように思えます。

「空気が相手じゃ、青空市場はお手上げなのね……」

青空市場のない街は、相良さんにはもう街ではない街、様変わりしてしまった、どこか違う街のような気さえします。

「スーパーは開けているよ。時間は短くしているけど。やっぱり頑丈な建物でないと、人間はいざとなればお手上げさ。いざとなれば、閉め切って空気を遮断することができるからね」

おばさんの口調には、野天ではない店の女主人としての気概があります。それからようやく相良さんのパンの注文を訊いてくれます。

いよいよ不思議のカタマリを頭に張り付かせてパン屋さんを出ると、相良さんは近くのスーパーに行ってみます。

「今日はもう閉めるよ」

スーパーの若い男の店員はもうシャッターを下ろすところです。

「どっちみち野菜も果物も、このところ少ししか入ってこないんだ」

素っ気なく言って、相良さんの目の前でシャッターを下ろしてしまいます。相良さんはアパートに戻って、いまは野馬さんの帰りを待つしかありません。

夕方、野馬さんは久しぶりの郊外での写生から何ごともなく帰ってきたのです。

「何か変なことはなかったの？」

「変なこと？　別に何もないね。春風に吹かれて生き返ったようだよ」

野馬さんは嬉しそうに言って、重そうに背負っていたリュックを下ろします。そしておもむろに口を大きく開いて中からプラムやスモモやオレンジ、トマトやナスやキャベツと、色鮮やかな果物や野菜を取り出したのです。

「まあ！　どうしたの？」

「近くの農家の親父さんがやってきて、よかったら持っていけって言うんだ。何でも街に出荷できる量がうんと減ってしまって困ってるって言うんだよ」

「まあ！　どうして？」

「何でも街中が鳴りをひそめてしまって、注文がこないんだってよ。何か得体の知れないものが空中に飛び回っているのか、これから飛んでくるのか、訳の分からんものに街中がおびえてしまって、死んだようになっているってよ」

野馬さんはいつになく神妙な様子で伝えてくれます。

「得体の知れないものって？」

「訊いたけど、分からないってさ。そのあたりの農家はみんな頭をかかえてるってよ」

野馬さんが取り出した野菜や果物はツヤツヤしていてほんとうに新鮮で、その日広場のテント市場で手に入れたいと思っていたものばかりです。

「嬉しいけど……、テント市場のボナさんたちは……」

相良さんは悲しくなって口ごもってしまいます。

数日して、人びとがもう精根尽き果てたように眠りについた深夜のことです。遠くからブンチャカブンチャカと大音響を響かせ、オープンカーの車上で何やら駆り立てるようにアピールする一団が近づいてきます。アパートに面した狭い通りをゆっくりと通過し始めると、マイクを使って呼びかける若ものの声が聞こえてきます。

「こんばんは！　みんな！　目を覚ませ！　窓を開けよう！　歌おう！　手を叩こう！　明日は街の大事な記念日だ！　世界広場に集まろう！」

ブンチャカブンチャカと大音響が鳴りつづけ、マイクの声もそれに張り合うように叫びたてながら、ゆっくりと通りを抜けていきます。遠ざかったと思う間もなく、少しするとまた近づいてきます。相良さんは起き出して、通りに面した窓を開けます。向かい側の建物の窓も次々と開いて、ふだんだったら深夜の若ものの迷惑行為に抗議の声があがるところですが、そのときはみんな何だか楽しそうに顔をのぞかせたのです。

「火山灰やガスに紛れ込んだ物質、それは花の種だ！　明日は世界広場に集まろう！」

街宣車の若ものが叫ぶと、向かいの窓から身を乗り出した男性が、手にした拡声器で叫び返します。

「花の種なら大歓迎だぞ！　街中に花が咲く！」

このところの閉じこもりストレスを発散させるかのようです。

「いい加減なことを言うな！　この非常時に！　何か無色無臭の有害なガスなのさ。いまは建物の中にいるしかないんだ！」

こちら側の上階からやはり拡声器で叫び返す声。

「バカな！　有害なガスなら建物の中にいたって無駄だ！　何か物体なんだ！　目に見えるが、

どこから降ってくるのか分からないから危険なんだ！」

向こう側からまた別の拡声器の声。そしてまた拡声器の声、声、声……。

この街では一家に一台は用意のある拡声器を持ち出しての深夜の大騒動となったのです。古い石の建物にはエレベーターがなくて、階段の上り下りを省略するために拡声器は便利なグッズなのです。ふだん中庭を介して向かい合う住人たちが、それぞれのベランダから声をかけ合うために、たいていの家で備えがあるのです。「お茶飲みにおいでよ」とか、「今日はスーパーが特売だよ」とか、ちょっとした用事はこれで十分間に合うというわけです。

「明日は街の大事な記念日なんだ！　謎の物質なんて吹っ飛ばせ！　みんな世界広場に集まろう！」

街宣車はなおもくり返して、ブンチャカブンチャカいっそう音量を上げながら街中を巡っていきます。小さな方形の街はすっかり眠りを妨げられたのですが、若ものたちの突飛な呼びかけを街中がむしろ歓迎するかのようです。というのも、海の向こうの火山の大爆発から始まった森林火災や暴風騒ぎがなければ、確かに明日という日は、街にとってとても大切な記念の日だったからです。

それは、その昔、街が狂信的な秩序主義者の集団に侵略され、街は封鎖され、人びとは一挙手一投足に至るまで自由を奪われた時代があったのですが、内からと外からの力をもって侵略者を追い出し、最終的に街を取り戻し、解放した記念の日だったのです。いつもの年なら街が主催する記念の祝典があるのですが、中止になっていたのです。

翌日、世界広場には街の人びとがポツリポツリと集まり始めます。建物での閉じこもり生活の中ですっかり忘れていた街の大切な記念日のことを思い出したことも確かですが、閉じこもり生活にもう耐え切れなくなってもいたのです。それでも人びとはみんな思い思いに身を守るための防御の仕方をしています。男女ともに多くは鍔のある帽子をかぶり、手にタオルを持っているのですが、中には目出し帽の人や、スカーフやバンダナを三角にして鼻から下を覆いサングラス姿の人（まるでギャングのようです）、傘をさしている人、などなどです。相良さんは愛用の帽子とリュック姿です。テント市場のボナさんも野球帽をかぶって人びとの中にいますし、古書街のトンドさんもベレー帽に丸縁の鼻眼鏡姿で交じっていたのですが、世界広場は広すぎて相良さんは気づかないままです。

世界広場に人びとが集まったとしても、街が主催する祝典ではなく、にわか仕立ての集まりなので、特に主催者がいるわけではありません。街には狂信的な秩序主義者によって自由を奪われた時代のトラウマがあって、とりわけその記念日の集まりでは、人びとは知人友人だけでなくたまたま広場に居合わせた人びとと思い思いに語り歌うだけです。中には一輪の赤いバラを手にしている年輩者の姿もあります。前夜の若ものの街宣車が流すメロディーに合わせて、やがて誰もが知っている記念日の歌で大きな合唱になるというわけです。

いつしか人びとが上空を気にしなくなっていると、どこかで誰かが叫んでいます。

「あれは何だ?!」

西の空にひと群れの黒っぽいものが現れたのです。人びとが注視するなか、大群の鳥が大きな楕円を描きながら近づいてきます。円盤のように整然とした美しい群れです。数羽が群れから外れてもすぐに追いついて円の中に戻ります。

「鳥だよ。これほどの群れはこの街の上空では見かけない光景だ」

「美しい群れだ、まるで我々のバラバラな集まりに見せつけるようだな、ハハ……」

「火山灰やガスに追われてきたのかもしれないぞ」

「きっと森林火災で居場所がなくなったのよ」

「何かの前兆かも……」

あちこちで男の人や女の人の声がして、メロディーに気をとられていた相良さんの耳にも届きます。鳥の群れは広場の上空をゆっくりと旋回しながら東のほうへと流れていきます。森林火災で追い出された鳥の群れなら、この先どこに落ち着くのだろう。相良さんは鳥の群れがどこをめざして飛んでいくのか気になって、やがて遠くの空で円盤が点になるまで見つめています。

また少しすると、誰かが叫んでいます。

「色のついた竜巻だ！」

やはり西の空に何か色模様の渦巻きが現れたのです。

「いや、もう地上から離れているからこのあたりの竜巻じゃないさ」

「どこか遠くで千切れた竜巻だよ！」

実際の竜巻がそんなふうに空を流れるものなのか誰も考えてみる余裕はありません。

「でもあの色模様は何なの？」

鳥の行方を追っていた相良さんもみんなが見ている方向に目を移します。色模様の渦は、カラフルな開いた日傘やスカーフがたくさん絡まり合って流されてくるようにも見えます。やがて広場の高い高い上空を渦巻きは通り過ぎていきます。が、何かヒラヒラとゆっくり落ちてくるものがあります。冬の雪空から舞い落ちるぼたん雪のようだと相良さんは思ったのですが、春になったばかりでそんなはずはありません。

何と、バラの花びらです。渦巻きからはぐれた赤やピンクの花びらが降ってきたのです。広場にもかすかに風が吹き始めていますが、バラはどこで巻き上げられたのか、どこか郊外のバラ園を直撃したということか……。ちょうど切り花にして街に出荷するところだったのかもしれません。無数のバラの花びらは、広場の人びとの頭上で舞っています。

人びとはもう歌うこともメロディーも忘れ、火山灰やガスや謎の物質のことを思い出したのですが、また何か現れそうな気がして金縛りにあったように立ち去ることもできません。

するとまた、少し風が強くなってきたのです。西の空が薄暗くなり、みるみるうちに近づいてくるようです。風の吹き方も強まり、人びとは何か取りつかれたように見つめています。風はいよいよ強まり、雲のような、排気ガスのような、工場の煙突から出る煙のような群れがあっという間に上空を覆い、強い風にかき回されたと同時に、人びとのかぶっている帽子や、スカーフやバンダナ、開いた傘や、ボナさんの野球帽、トンドさんの丸い鼻眼鏡までも、何もかもをあっという間に巻き上げて、空中高く高くさらっていったのです。

上空にはもう、誰のものとも見分けのつかない愛用の帽子やスカーフ、傘、眼鏡などなどが色の見分けもつかなくなって飛んでいくのが見えるだけです。それでもみんな互いに腕を組んだり、地面に伏せたりして身を守ることはできたようです。相良さんも人びとの間で地面に伏せたのですが、帽子を吹き上げられてしまいます。黄色い髪が天に向かって逆立ったままです。

その日の夜、パトロールの警察が暴風はもう街の上空を通り抜けたことを知らせて回っていきます。含まれているという怪しげな物は、結局、発生源不明のニセ情報だったということです。

夏　街と破壊される街

人間が宇宙に長期滞在するようになったいまでは、宇宙から見る地球は手のひらにすくえるほどの小さな球体になったのです。ミミズが這ったように細い線で仕切られたクニとクニの境界は、宇宙から見分けることができません。わずかに海と陸の境界から、球体のどのあたりにかくかくしかじかの陸地があり、かくかくしかじかのクニはどのあたりに位置するかと推定するだけです。大きな陸地にたくさんのクニがひしめいているあたりなどは、推定するのも難しく、ただ記憶の中のモザイク模様として脳裏に刻まれているのを思い浮かべるしかありません。

相良《ソーラ》さんが暮らす小さな石の街は、宇宙から見れば球体の表面に標《しる》した針の穴ほどの点にしかすぎないけれど、四角い街のそもそもは、あの古代ローマの植民都市の格子割街路から始まっていたのです。街路で仕切った街区ごとに人の住む場所が与えられ、生業《なりわい》が生まれるという進みゆきだったので、その街は「すべての道はローマに通じる」と言われたほどの、古代ローマの大きな力の作用で成り立ち、人びとの生活もその大きな力の下で営まれることから始まったとも言えるのです。いかにも几帳面な格子割の街らしい生い立ちを思わせます。

ですから、そこで生まれ育った多くの街の人びとは、ふだんは几帳面に働き、四角い石の街こそが生活の全部であり、日々歩く地面が球体の一点だとか、同じ陸地のすぐ近くにはミミズが這ったようなモザイク模様が張り巡っていることなど、どこかに忘れて暮らしているのです。相良さんだって同じようなものなのですが、それでもヨソ者の好奇心から、街の人びとがあまり考えたこともないような物ごとに頭の中を大いに膨らませることがよくあるのです。

その日、まるで宇宙から降りそそぐかと思える暑い陽ざしを受けながら――実際は陽ざしは太陽から降りそそいでいるのですが、宇宙からの強いエネルギーを持った硬軟さまざまな放射線も混ざり合っているので、まったくの間違いではないのです――相良さんは、その街の成り立ちのことをあれこれと思っていたのです。街の建物は確かに古い建物が多いけれど、そもそもの街路が敷かれたときから建っていたわけではないので、いくたびかの建て替えを経験しているはずです。それなのに、いったん敷かれてしまった格子割街路だけは大きな変更を迫られることもなく生き残ってきたのです。そこではたと立ち止まった相良さんは、何か霊感に打たれたようにひとり言を発したというわけです。

「ということは、街路と広場こそが街の生き証人だわ！」

大昔から変わらずにきた街路こそが街のすべてを見てきたのだし、そこにはもちろん街路と街路をつなぐ四角い広場も含まれていることに気づいたのです。

「おい、危ないじゃないか！　歩道でいきなり立ち止まるんじゃないよ」

後ろでつんのめるように大きな声がします。

ふり返ってみれば、相良さんの背丈の倍ほどもありそうな大男が睨みつけています。口の周りに濃いヒゲをたくわえていて、ぎょろりとした大きな目のわりにはどこか間の抜けた人の良さがあります。

「何だって？　街の生き証人だって？　それはわたしのことじゃないのか？」

この街ではよくあるタイプの、〝わたしこそが知っている〟と口をはさんでくる人の出現です。相良さんもいまではもう慣れっこになっているくらいです。

「とんでもない！　街路のことです。大昔、そもそもの始まりが格子型の街路からだったことを言っているのです」

「バカな、街路が生き証人なんかになれるものか！　わたしだよ、この街の生き証人は。この街のことなら、何でもわたしに訊きなさい」

口ヒゲの大男は相良さんの前に回り込んで大真面目に言い立てます。

「それなら、何故この街の街路はそもそもの始まりの大昔から、同じ几帳面さのままいまにつづいたのですか？」

「なあんだ、簡単なことさ。街が破壊されなかったからさ」

「破壊されなかった？」

相良さんには思いもしないひと言です。

「そうじゃないか、破壊されることがあったら、街路の敷き方も少しずつ変わったに違いないさ。その時どきの人間の欲と力のつな引きで、あっちに曲がり、こっちに曲がって、力の強い者がもっと広い場所を捕ろうとするからさ」

「まるで絵そらごとだわ……」

相良さんにはピンときません。

「まあ、ためしに街の周辺を見たら分かるさ。いくつかのコブが街から噴き出したようにできているから。格子型街路の街はほんのひと握りの街で、しかも運よく破壊されもしなかったから、時とともに膨らんだ街の人口やその生業で、あり余った力の受け皿なのか、はたまた掃きだめなのか、人の住む場を広げていったのさ。破壊されていたらこのあたりもいくつものコブのせめぎ合いで、街路なんぞはナメクジが這った跡のように人の都合で変わったに違いないさ」

「じゃあ、何故、破壊されないで済んだのかしら？」

「そこよ、問題は」

口ヒゲ氏はちょっと天を仰いでひと息つきます。

「幸か不幸か、街があまりにも小さくて、おまけに律儀で、金目《かねめ》になるような物も大して持ち合わせていなかったからさ」

「大きな力で生い立ったそのまま、生き残れたってわけね。この街で生きた人たちも律儀であまり欲がなかったってことかしら……。生き証人の街路の律儀さも人びとの心に影響したのかもしれないわね」

相良さんはすっかり口ヒゲ氏の言い分に乗ってしまうようです。

「まあ、それもあるが、街の頭の上を飛び交う大きな力の持ち主たちが、よほど利口者だったか、北方の険しい山脈が盾の役目をしたのか、いずれにしても破壊するほどの欲の餌食にならんで済んだのさ……」

口ヒゲ氏は、そこで何か思いあぐねるふうに口調を改めたのです。

「山脈の向こう側は、いま大騒ぎになっているじゃないか。南のほうから押し寄せるナン民のことで……」

「ナン民？」

「理不尽極まりない破壊にさらされた何の落ち度もない庶民たちが、あのように必死の脱出行を余儀なくされているじゃないか、数えきれないほどの庶民たちがナン民になっているじゃないか……」

口ヒゲ氏は憤懣やるかたないという口調です。相良さんだって知らないわけではないけれど、相良さんにはどうすることもできないのです。それでふと思いついて言ったのです。

「わたしもこの街のヨソ者だから、ナン民の人たちのことを少しは分かるわ……」

「あんたもナン民だってこと？　確かにこのクニの者ではないようだが……」

口ヒゲ氏は背を丸めて顔を突き出すと相良さんをしげしげと見つめます。

「少し違うけれど、わたしは自分から好んでこの街のヨソ者になったから……」

「それなら止むに止まれぬナン民に対しておこがましい話さ」

口ヒゲ氏はいさめるように言って背を伸ばし、憂い顔を天に向けます。その様子を見上げて、相良さんもうなずくしかないのですが、それでも何かナン民と隣り合う心のあり処を探そうとするのです。

歩道の真ん中で口ヒゲ氏と相良さんは、いまでは勝手知った者同士といった風情で額に皺を寄せて考え込んでしまうようです。

すると突然後ろからのどなり声です。

「この暑苦しい真っ昼間に、歩道の真ん中でいつまで突っ立ってるんだ！」

相良さんを押しのけるようにして勤め人らしい男が通りすぎます。「まったく、ヒマ人たちには困ったものだ」

つぶやき声が聞こえると、口ヒゲ氏は思わず男の背中にぺこりと頭を下げます。

「いや、どうもスミマセンです」

憂い顔の口ヒゲ氏も、途端にもとのちょっと間の抜けた大男に戻ったのです。

「この街の街路がずっと変わらないといいわね、ナン民が生まれないように……」

「いや、まったく……」

「何といっても格子型街路は美しいから……」

「いや、まったく……」

ロヒゲ氏は相槌は打っても心ここにあらずの憂い顔のままです。

相良さんもそれ以上の言葉もなく、ロヒゲ氏に別れのあいさつをして再び街歩きに戻ります。

ナン民のことは心の中の塊のままだったのですが。

几帳面な四角い街の建物はほとんどが五、六階の建物で占められていて、街の南東にある小高い丘陵から眺めてみれば、デコボコのない平たい街だけど、ひとつだけまるで場違いな突起物が天を突いて聳えていて目を惹きます。一種の塔ではあっても、上方半分がまるでフェンシングの剣のように天に伸びていて、下方半分がトンガリ帽子のような、あるいは貴族社会の宮廷女性が穿《は》いたワイヤ入りの豪華なドレープスカートを思わせる形状で、地上に伏せてあるといった趣なのです。確かに塔の一種ではあるけれど、トンガリ帽子の中は空洞で、何のために造られたのか、いまではよく分からない奇妙さを併せ持つ不思議な塔です。それでも空洞の中は、時には何かのイベントの会場として使用されたりしているから、まったく無意味な空洞でもないのです。そして無意味ではないもうひとつの役割があって、中央に四角いガラス張りのエレベーターが設置され、トンガリ帽子の頂の少し先の、ちょうどフェンシングの剣の柄《つか》にあたる部分まで上ることができるのです。そこから街や街を囲む山脈や丘陵のパノラマを見ようとする人たちには、ゾクゾクするような冒険のための空洞でもあるのです。街にやってくる観光客には、必ず上ってみたい名物の塔なのです。観光客でなくても、暑い夏のことであれば、冷房の効いた空洞の中にちょっとした涼を求めることだってできるのです。エレベーターに乗ってフェンシングの剣の柄まで引き上げられて、人幅ほどの狭い通路の展望台に出されてみれば、高所恐怖症の人ならゾッとするような背筋の寒さに見舞われること間違いなしです。展望台に出られる人数は五人ずつに制限されていることでもその狭さと不安定さは想像できるというものです。

街歩きの途中の相良さんは、容赦なく照りつける陽ざしから逃れようと、考えもなくふらふらと塔の中に入っていったのです。何もイベントのない空洞の中央にガラス製のエレベーターが降りてくるのを待って、数十人の観光客が列をつくっています。街にやってくる観光客の数からすれば、決して多い人数ではないから、やはり限定五人ずつの狭い展望台にあえて上ろうとする人は少ないようです。係の男性が展望台に上るルールと注意事項をくり返しています。……一回に五人ずつ上って、各回十分ずつパノラマが見学できること。展望台では、一ヵ所に立ち止まって何人もかたまらないこと。風が強い場合は必ず手すりにつかまること。展望台には係員がひとりいるから、すべてその指示に従うこと、などです。

「いかにも危険がいっぱいありそうじゃないか……」

列の後方にいるアロハシャツにサングラスの男が誰にともなく口にします。ひとりでやってきた観光客のようです。

「わたしはちょっと心臓が弱いけど、それでもこの街に来たからには、ゼッタイ上ってみたいのよ」

白いパンツに真っ赤なTシャツの女が呼応するように言います。

「大丈夫なの？　展望台で心臓発作でも起こしたらどうするのよ……、やっぱりやめとく？」

連れの女が心配そうに声をかけています。やはり白いパンツに花柄のブラウス姿です。

「大丈夫！　大丈夫！　人生は冒険だもの。冒険こそ命の源よ！」

「それだから心臓を悪くするのよ、まったく……」

花柄ブラウスの女はたしなめるように言ったあとで、ふっと息を吐いてやれやれといった気配です。

「わたしは好奇心が強いから、あなたの気持ちはよく分かるわ」

相良さんがつい口をはさむと、ふたりの女が怪訝そうにふり返ります。よく見てみれば、ふたりは姉妹のようです。花柄ブラウスの女が姉のようで、強気な妹の付き添いふうです。

「あら、好奇心といっしょにして欲しくないわね。好奇心は単なるもの好きだけど、冒険心は人生への挑戦だから」

赤いTシャツの妹が心外そうに口調を強めると、相良さんも黙ってはいられません。

「あなたはほんとうに心臓が弱いんですか？」

「何て失礼な！　弱いからこそ、こうしてあえて挑戦しようとしてるのに……」

「それは心臓ではなくて、心の問題なんじゃないですか？」

「いいえ！　心臓です！　心なんてあいまいなもので人生を変えることはできません！」

「確かに心はあいまいだけど、でも心がなかったら……」

口ごもった相良さんを、ふたりの女は改めて物珍しそうに見入ります。小柄な背にリュックを背負った黄色い髪の、いかにもヨソ者ふうの相良さんが珍しいようです。

「あなたは、もしかしてナン民？」

ふいに花柄ブラウスの姉が訊きます。相良さんには願ってもない問いかけです。先刻の口ヒゲ氏との会話でできた心の中の塊に光がさしたからです。

「確かにわたしはこのクニの者ではないけど、でもナン民になるにはおこがましくて、だってわたしは好んでヨソ者になったから、でもナン民と隣り合いたいとは思うけど、心では……」

相良さんは言いつのって何が何だか自分でも訳が分からなくなってしまいます。

「ほら、心なんてあいまいなもので誤魔化すのよ。この人はナン民なんかじゃないわ。いまどきひとりで街をふらふらしているナン民なんて」

赤いTシャツの妹が姉に向かって言うと、姉のほうも、

「そうね、ナン民はたくさんの人たちが群れになっていて、もっと切実で、ひとりで街をふらふら歩いてなんかいないわね」と応じます。

「でも、わたしはナン民の隣人のようなものです！」

相良さんの気持ちはだんだんエスカレートしてきます。心の中の塊をこのときとばかりに崩そ

うとします。

「いや、ナン民の隣人はここにいるわたしたちだよ」

突然アロハシャツの男がサングラスを外して女たちの中に割り込んできます。その風貌は一転して、初老の品のいい男性です。

「そうじゃないか、このクニの目と鼻の先にナン民はなだれ込んでいるんだからね。この街にだってやってくるさ、隣人はわたしたちだよ。他人ごとじゃないよ」

アロハシャツ氏はわけ知り顔に言います。

「わたしたちだってナン民のようなものかもしれないわ。だって、ヨソの街から来て、こんなに列をつくって順番を待っているのですもの。この街に来たナン民のようなものかも」

花柄の姉がまことしやかにのたまうと、妹のほうも、輪をかけてのたまうのです。

「この街に来たナン民なら、ここでは何としても心臓を鍛えなくちゃ、展望台に上ってナン民の人生に挑戦しなくちゃいけないわ」

相良さんの心の中の塊は崩れるどころか、ますます大きくなっていくばかりです。

「いいえ、ヨソ者のわたしこそ、ナン民の隣人です！」

思わず叫ぶように言い放ちます。

「いや、わたしたちこそナン民の隣人だよ」

アロハシャツ氏も頑として言い張ります。

何やらかしましいスズメの巣に近づくように係の男性がやってきます。

「お客さん、もしエレベーターに乗るんだったら、切符を買ってください」

「切符がいるんですか？」

「もちろんです、慈善事業じゃあるまいし。山脈の向こう側はいま火の車だよ、この街だっていつそうなるか……」

「まだちょっと決めてないけど……」

相良さんの頭の中は混乱を極めています。いまはっきりしていることは、相良さんは、ほんとうのところ高いところに上るのはあまり得意ではないということです。

「あら、ナン民の隣人さん、ゼッタイ上ってみなくちゃね。好奇心が強いんでしょ？　冒険心と好奇心でいい勝負だから、いっしょに上りましょう！」

相良さんを励まそうとするのか、勢いづいた赤いTシャツの妹に挑発されて、相良さんは混乱したまま、えいっとばかりに切符を買ったのです。そうしてエレベーター待ちの列に入ります。やがて相良さんたちの順番がきたのですが、相良さんは姉妹のグループから外れて六番目だったのです。姉妹のふたりが相良さんを誘ったようなものだから、ここは何としてもいっしょにエレベーターに乗らなければなりません。開いたエレベーターの入り口で、乗るべきか乗らないべきか迷っている相良さんに、すでに中に乗り込んだ赤いTシャツの妹が、「大丈夫！　ひとりくらい多くても」と言って係員の男性にかけ合うふうです。係員は小柄な相良さんをしげしげと見つめて言ったのです。

「まあ、大丈夫だ。あなたは標準よりだいぶん小柄だから、いっしょに乗って上りなさい」

係員の許可が出て、相良さんはふたりの女に引きずり込まれるようにエレベーターの中に入ったというわけです。

ガラス張りのエレベーターはぐんぐん上昇し、やがてトンガリ帽子の尖端を抜け、フェンシングの剣の柄の部分に至って停止します。出口は乗り込んだときとは反対側にあって、やはり相良さんが最後になったのです。人数を確かめた上空の係員の男性が、相良さんにストップをかけてしまいます。

「展望台に出られるのは五人までです。ここでのルールは厳格です。何しろ危険と隣り合わせだから。それであなたは他の五人がひと通りパノラマを楽しんだあと、展望台に出てください」

相良さんは呆然としますが、上空の係員はこうしたケースの扱いには慣れているらしく平然とこうも言うのです。

「そのほうがいいじゃないですか、ひとりでゆったりと楽しめるんだから。その代わり時間はみんなの半分だけどね」

相良さんはエレベーターの出口で足止めされてしまったのです。他の者たちは早くもパノラマに感嘆の声を上げながら展望台を回り始めます。赤いTシャツの妹もいまでは納得して係員に追随してしまいます。

「あとで誰にも邪魔されないで、あなたの好奇心を大いに満足させてね」とまるで他人ごとです。

「どうぞよい好奇心を！」と、花柄ブラウスの姉のほうもいい気なものです。

待つこと十分、先陣の者たちがやがてひとり、またひとりと、エレベーターの前に戻ってきます。誰も目を輝かせ、頭の先からは、まるで興奮の湯気が立ち上っているようです。

「先に五人を下に降ろすから、その間にあなたはゆっくりとパノラマを楽しむことができますよ」

上空の係員が言うと、すでにエレベーターに乗り込んだ赤シャツの妹が、すっかり勢いづいて言い放ったのです。

「ああ、何て素晴らしかったこと！　冒険への挑戦こそ生きてる証よ！」

「かえって心臓によかったみたいね」

花柄ブラウスの姉も安堵して上機嫌です。

「次はあなたの番よ、どうぞよい好奇心を！」

「よい好奇心を！　ナン民の隣人さん！」

女ふたりが口々に言って手をふると、エレベーターの扉が閉じられ、相良さんの目の前からスーっと消えていったのです。

相良さんは恐る恐る展望台に足を踏み出したのですが、目は下を見ることを拒み、はるか遠方の山脈を一心に見つめます。確かに素晴らしいパノラマが開け、相良さんの気分もいつの間にか解き放たれていくようです。何といっても相良さんの好奇心の強さは並みはずれていて、明けても暮れても四角い石の街を歩く日々から、その目と心はひとつ飛びに空中へと飛び出していくかのようです……

……ちょうどエレベーターの出入り口とは反対側にあたる位置まで手すりを両手でつかんで横歩きに進んだ相良さんは、鳥の巣箱のような小さな乗り物が手すりに横付けされているのに気づいたのです。まるで宇宙船のような乗り物です。薄暗い中をのぞくと運転手らしい、いや、宇宙服のようなものに全身を包んだ操作手らしい人の背中が見えます。その背中からはくぐもった声のような音声が発せられ、「どうぞ」と促しているのです。吸い込まれるように手すりを乗り越え、小さな箱の中に乗り込んだ相良さんは、もはや好奇心だけを燃料にして、空《くう》の中へと飛び出していったのです。

「何を見たいとお望みですか?」

操作手が背中を見せたまま、どこか中性的な抑揚のない声で訊きます。

「あの山脈の向こうがいまどんなふうになっているか見てみたいわ」

「ああ、ユー・アイ方面ですね。分かりました」

「ユー・アイにはいくつものクニがあるというけれど、実際どんなふうに分かれているのか、空の上から確かめてみたいわ」

相良さんは、日ごろ耳学問で聞き覚えている、歴史も成り立ちも一様ではないいくつものクニが、ある理想と実利を掲げてひとつの連合体をつくってから、まだその途上にあって、いまは分裂しかねない危機と隣り合わせのなかで、かろうじて保たれていることを思い出したのです。そしてそこにナン民が押し寄せているのです。

いまでは高速巣箱となった中に、宇宙服様《よう》の装備に身を固めた操作手とふたりだけになってしまった以上、相良さんとしては、内なる好奇心だけを頼りに飛んでいくしかないのです。

やがてユー・アイの上空に来て、頭の中で描いていたクニとクニの境界を見極めようとしてみるのですが、一向にはっきりとしません。

「クニとクニの境界を色分けして見せてもらうことはできますか？」

相良さんは思わず操作手の背中に言ったのです。

「それはムリというものです。色分けして見たいのなら、地上で地図を広げて見るしかないです」

中性的で無機質な声が返ってきます。

「それでもいま、ユー・アイには南のほうの海の向こうから、異なる宗教の人びとが戦禍を逃れてなだれを打って脱出しようと、多くの人びとが向かっていることを知っています。どんなクニにどんなふうに安住の地を求めているのか、とても他人ごととは思えないわ！」

まるで他人ごとのようにしか声を発しない操作手にちょっと苛立って声を荒げたのです。

「しかし、この空の上からは、ユー・アイのクニの境界を示すことはムリというものです。境界は、地上の人間のなせるワザでしかないのですから……」

操作手の無機質な声はいっそうくぐもりがちに聞こえます。

相良さんは大きなため息をついて、高速巣箱の強化ガラスの窓から下方に目を凝らしつづけています。そこに記憶の中のミミズの這ったようなモザイク模様を重ねようとするのです……

すると操作手は、沈黙の中に沈んでしまった相良さんを呼び戻そうとするかのように問いかけてきます。

「それならもっと南のほうの、その破壊の、戦禍のただ中にあるあたりに行ってみてもよいのですが……、クニとクニの境界など、いまでは無に等しいあたりに……、いずれにしても、地上の人間のなせるワザの最たるサマを見ることになりますが……」

クニとクニの境界など無に等しい、それこそ見てみたいものだと相良さんは一瞬思うのですが、地図の上の色分けも、頭の中のモザイク模様も消えてなくならなければ、所詮ムリというものです。操作手はさらに無機質な声のまま相良さんを諭すようです。

「空の上から見てみれば、クニとクニの境界なんてないことを確かめたのですから、むしろよかったのではないでしょうか？」

「確かに、境界は、地上の人間がつくり出すものだってことがよく分かるわ、空の上からなら……」

「さあ、それでは南のほうへ行ってみましょう！」

操作手は相変わらずくぐもった声のままだけど、それなりに力を込めて発破をかけるようです。こうして高速巣箱はぐんぐんと南のほうへと飛んでいきます。海に突き出たスマートな踵の高いブーツ形のクニの上も、あっという間に越えてしまいます。

すると今度は、つま先が逆向きの、ぼってりとした雪靴のような形の陸地です。雪靴などおよそ使うこともない、赤道からちょっと片足を浮かせたところだと言いたげな、暑い、熱い、砂漠と石油の出る半島です。半島は大小いくつかのクニが占めていて、ここにもモザイク模様があります。

いま、戦禍のただ中にあるクニは、その半島の入り口、付け根のところに位置していて、高速巣箱の強化ガラスの窓からは、早くも前方に立ち上る黒煙が見えてきます。

「破壊される街を、空の上から見るなんて……」

ひとり言を口にした相良さんは、そのまま近づいていいものかどうかと迷います。いままでは好奇心はもう鳴りをひそめているけれど、それなら何故、苦しむ街や街の人びとを空の上から見ようとするのか、自分で自分が分かりません。

「空の上から見るのを躊躇するということですね？」

操作手は相良さんのひとり言も聞き逃すことなく即座に尋ねます。

「空の上から見て、それでどうなるかと……」

「それなら破壊される街に降りてみますか？」

「えっ？　そんなことができるの？」

「できますが、それでもどこか一点に降りてみるだけです。確かに目の前の悲惨に胸を潰すことになりますが、瓦礫の山と苦しむ人びとを目のあたりにして、立ちすくむだけです」

くぐもった声はどこまでも無機質にしか相良さんに聞こえないのです。相良さんの複雑な気持ちなどとうてい理解しそうにありません。確かに、小さな巣箱が占める地表の一点なんて知れたもので、そこからどれほど胸を潰したとしても、とうてい潰し切れるものではありません。相良さんは近づいてくるいくつもの黒煙を前に暗澹たる思いです。

するとし操作手が奇妙な提案めいたことを言ってくるのです。

「ここではやはり、この宇宙船に身を託してみてはいかがでしょうか？」

「えっ、宇宙船？　この高速巣箱は宇宙船なの？　あなたはいったい誰?!」

相良さんの叫び声におもむろにふり向いたのは、何と、くるりとした大きな目のロボットだったのです！　しかもよく見れば、どこかしらあの歩道で出会った口ヒゲの大男を思わせるロボットなのです。

「空の上から破壊される街をつぶさに見ることだって、いまできることのひとつです。何しろあなたは宇宙船に乗り込んだ勇気ある人だから！」

口ヒゲ大男を思わせるロボットは、街の歩道の口ヒゲ氏が、相良さんとの別れ際にただ憂い顔を残すしかなかったことを、まるで我がことを恥じるように言うのです。

「内乱の戦禍の街と逃げ惑う人びとと、その周辺をとり巻くクニグニのサマを、宇宙船に身を託してよくよく見て心に刻むことです。クニとクニの境界を入り乱れて、陣地争いに明け暮れる破壊の街を……、上空を飛び交う大きなクニの大きな力の下で、破壊される街を……、破壊される街を……」

「お客さん！　お客さん！　大丈夫ですか?!」

甲高い呼び声が耳元でして、相良さんははっと目を開きます。

「大丈夫ですか！　ハッハッ、あなたのような心臓の弱い人が、わざわざムリして展望台なんかに上るからですよ、ハッハッハ」

背を起こされ、ペットボトルの水を口元にさし出されて、相良さんはようやく我に返ったのです。どうやらひとりで展望台に出たところまではよかったのですが、少し進んだだけで、手すりにしがみついてしゃがみこんだまま気を失ったようです。

上空の係員氏が笑いながら、相良さんの腕をとってエレベーターの入り口まで連れていきます。

「大丈夫！　大丈夫！」と励ましながら。

それでも相良さんは、夢遊病者のように口走りつづけていたのです。

街が破壊される……

街が破壊される……

遠ざかっていく宇宙船、あるいは高速巣箱を必死で呼び止めようとするかのように——。

秋　街ともうひとつの街

街ではどんなに〝来たり者〟であっても、住みつけばいつのまにか人はそこが自分の世界の中心だと思うものです。たとえよそからの移住者で古くて小さなアパートにしか住めない境遇だったとしても、古い歴史を持つ街であれば、由緒ある街の住人として密かに我が身を誇らしく思うものです。まして美しい格子型街路の歴史的中心街が徒歩圏の環境であれば、「今日はちょっと旧市街でお茶を」などと装いも古風にしっとりと出かけたりもするのです。

街では相良《ソーラ》さんもよそのクニから来た〝来たり者〟のひとりで、格子型街路の中心街への愛着もそれなりにあります。けれどそれは住人というより、〝よそ者〟の愛着といったほうがよさそうです。相棒の野馬《ノマ》さんの「もうあの野のクニへ帰ろうよ」という口癖は、いまではあまり耳にしなくなっていても、相良さんの心のどこかに生まれ育った野のクニの記憶がそれと気づかないほどに潜んでいるからかもしれません。

相良さんの住むアパートは美しい中心街へは足に自信があれば十分徒歩圏にあり、地図を見ればきっちりと長方形に収まった格子型中心街が、少しずつ形を崩していく東側北方にあることが分かります。その日、テーブルいっぱいに広げた街の地図を見ながら相良さんは、いつも歩くことを日課にしている学校の周辺や中心街とは違う場所に目を留めたのです。アパートのすぐ北側に走っている幹線道路が一直線に西方に伸びていて、ちょうど格子型中心街の北辺を仕切っていることに気づいたのです。南辺を仕切っているのも平行して一直線に伸びる幹線道路であり、左右を仕切っているのは、やはり一直線に走る電車通りだったのです。

いま相良さんは、改めて地図の上の格子型街区の美しさに魅せられたというわけです。そしてその東側、西側、南側もその几帳面な格子型街区を余韻のように残しながらも、徐々に形が崩れていく様が分かります。しかし北側は少し趣が違っています。幹線道路をはさんでいきなり格子型とは無関係に変形した、しかもかなり広い場所が位置を占めているのです。中心街の東、西、南側は、大きな通りを隔てていても中心街とは縁つづきであることを示すかのように格子型秩序を保とうとしています。それでも中心街から遠ざかるほどに秩序の几帳面さが崩れていく様子は、人の住む世界の自然さを語ってもいるようです。それなのに何故か北側だけが、いきなり中心街の秩序とは無関係に、あるいはまるで逆らうかのように、変形した場所であることを地図は示しています。

「知らなかったわ、いつも街歩きしてるのに、知らない場所だわ……」

地図を広げて見入ったままつぶやいた相良さんに、野馬さんがぼそりとつぶやきます。

「行ってみればいいじゃないか」

「明日いっしょに行ってみない？　いいスケッチができるかもよ」

相良さんは野馬さんに地図を見せて誘ってみます。

「バカな、ちょっとばかり形が違うって言ったたって、どうせ石でできてるんだろ。面白くも何ともないいさ」と鼻で嗤って取り合いません。

翌朝、やはり郊外へスケッチに出かける野馬さんを送り出したあと、相良さんはひとりで北辺の向こう側をめざします。その日は秋らしい陽ざしもなく、湿った靄《もや》がうっすらと立ち込めています。街を覆う靄は冬の季節への前ぶれのようなものです。アパートの北側の幹線道路をたどまっすぐに行けば、やがて右手にその場所があることは分かるのですが、靄だけでなく車の排気ガスにもまみれてかなりの距離を歩くわけにはいきません。それで少し大回りだけど街の中を走る路面電車で行くことにします。

街の中を通ってやがて幹線道路沿いのその場所に近い停留所で降りると、相良さんはすぐ近くに北に入る細い道を見つけて奥をのぞきます。靄の中に道幅いっぱいに何か表示を掲げた建物がうっすらと見えます。その手前まで進むと左右に敷地沿いに通る道があり、とりあえず左折して塀沿いを進むことにします。未知の場所はまず外周を確かめようとするのです。少し行くとまた幹線道路から入ってくる道と交差する場所があり、右手奥をのぞくと、高い建物の間に薄暗い通りが奥へと伸びているのですが、途中で湾曲していて見通せません。とりあえずそこも通り越していくと、今度は重厚な建物の裏外壁に沿って歩くことになります。焦げ茶色の裏外壁には細い縦長の裏窓らしきものが目の高さより少し上に等間隔にあるのですが、磨りガラスでしかも金網と鉄格子で覆われていて中の様子は分かりません。時折かすかにシューシューと蒸気の上るような音が聞こえるだけです。さらに進むと、幹線道路から入ってくる三本目の細い道を通り越した先にかなり大きな道路の交差点に出たのです。やはり幹線道路から入ってくる直線道路で、道幅はあるけれど車道としては静かな通りです。そこでようやく右折するのですが、すでに中心街の五、六街区分の距離を歩いていたのです。いよいよ敷地全体の外周を見定めようと右方向にたどっていくのですが、建物の外壁が途切れるとすぐにまた塀になり、敷地の中の様子は依然として分かりません。四街区分ほどを歩くと、やがて右折して入っていく細い道が現れ、敷地が外側に押し出すように斜めに通っています。そこも三街区分ほど進むと行き止まりです。形の崩れたT字路型変形交差点です。敷地をさらにたどるには今度はほぼ直角に元の幹線道路の方向に入っていくことになります。相良さんはとにかく外周を確かめようと幹線道路の方向に入っていったのですが、その通りは、歩き始めて最初の交差点から右手奥をのぞいて見通せなかった薄暗い通りを逆方向からたどっていることに気づいたのです。しかし途中までくると、またしても今度は左手から入ってくる道がぶつかってT字路になっています。やれやれと思っていると、少し前方右側に、たどってきた敷地の入り口を見つけて相良さんはようやくひと息ついたのです。T字路の向こう側も同じ領域の敷地のようですが、とりあえず右手の入り口まで進みます。門を入って左手に守衛所があり、中年の男性がいます。

「すみません、ここはどのような場所ですか？　いまぐるりと外側をたどってきたのですが……」

「どんな場所？」

守衛さんは苦笑して妙なことを訊くもんだと言いたげです。

「ここは『もやいの里』だよ。このあたりでは知らない者はいないよ」

「もやいの里？」

「そうさ。いろいろと不具合な者たちが暮らすところさ」

「不具合って？」

「心や体や暮らしなんかの不具合の全部さ」

「施設としてはずいぶん広いようですが……」

「施設とは違うよ。何しろ中で生業《なりわい》の全部をまかなおうって言うんだから」

「まさか?!」

驚く相良さんに守衛さんは言葉を足します。

「全部と言っちゃあ大げさだが、そうしたことをめざしていまでは主要な食料品の製造所や農園もあるし、学校もあるからね」

「学校も？」

「保育園や小学校や中学校さ。高校は外だけどね。それに向かいの建物は病院だよ。病院は外の者たちも利用できるようになっているよ」

守衛さんは身をのり出して相良さんの頭越しに指さします。T字路の向こう側もやはり同じ領域の中にある建物だったのです。それでも生業の不足分を外に頼ったり、病院の利用を外にも開放したりしてうまく成り立たせていることが分かります。たどってきた敷地の外周は、相良さんの頭の中でますます複雑に広がっていくばかりです。

「中に入ることはできますか？」

「もちろんさ！」

閉じた複雑さのもやもやに、拍子抜けするほどの単純な返事が返ってきます。

「ただし、ここに名前と住所と電話番号を書いてもらうけどね」

守衛さんは訪問者用の記録用紙をはさんだバインダーを示します。

「それから中では写真を撮ってはいけないよ。どんなに広いと言ったって家の中と同じだからね」

書き終わった相良さんに守衛さんは注意を促します。

秋の靄は敷地の中にも立ち込めていて、すっきりと見通しがきかないのですが、左手に聳える塔を見て教会だと気づきます。ふだん歩く街にも教会はあって、日曜日には周辺の住民たちが集まる光景を目にします。ここでも教会はもやいの里の人たちのためにあるようです。「もやいの里」専用教会です。

右手には腰の高さの鉄の柵に囲われた三階建ての建物があり、柵には小、中学校と表示されています。前面は運動場のようですが、校舎も運動場も小ぢんまりとしています。いかにも囲われた敷地の中の学校です。さらに奥へと進んでいくと右手から人影が現れたのですが、その様子を見て相良さんは立ち止まります。高校生くらいを思わせる男の子ですが、左の肩を大きく上下させながら歩いてくるのです。見れば左足が不自由な様子。一歩一歩ゆっくりと上半身を揺すりながら相良さんの目の前を横切ろうとします。

「こんにちは！　ちょっとお邪魔してます」

笑顔で声をかけた相良さんに、男の子はチラリと視線を向けただけで通り過ぎていきます。揺れるその背中を見送りながら、敷地の中には高校はないと言った守衛さんの言葉を思い出したのです。

学校の柵に沿って右手に回り込んでいくと、左手に住居棟が塀に沿って内向きにずらりと建っています。四階建てです。人影はなく、敷地の広さがいっそう際立つ光景です。人はどこにいるのだろう。敷地が一番奥まった、外側に少し突き出したあたりを見ると、数人の女たちがしゃがんで何か作業をしています。近づくと、菜園で野菜の穫り入れと土の手入れをしていたのです。

「こんにちは！　守衛所で許可をもらってお邪魔しています」

丁寧にあいさつをする相良さんに女たちがいっせいに顔を上げます。みんな一様にスカーフで頭をくるみ、作業着姿です。

「みんないっしょに畑の作業なんて、楽しそうですね」

「ここではみんないっしょにできることをするんだよ」

白髪を紫色のスカーフでくるんだ年長者の女性です。時々やってくる見物人への対応に慣れている様子。

「自分たちで作れるものは自分たちの手で作るのよ。自立の里をめざしてね」

落ち着いた青とピンクの花柄スカーフの女性です。

「でもいまの時代、生活の全部を自分たちの手でまかなうなんて無理なのでは……」

「もちろんそうだけど。足りないものは外から買い入れるのよ」

花柄スカーフの女性の言葉に、黙ったままの他の女たちもかすかに笑みを浮かべてうなずく様子。

「うまく機能してるってことなんですね……」

いまひとつ確信なげな相良さんに、無言の女たちがなおも笑みを向けています。お喋りな相良さんには、何か息苦しくなるような無言の笑みです。

「向こうで鶏を飼っているから行ってごらんよ」

白髪の年長女性が首を伸ばし指さして教えてくれます。示された方向を確かめると、相良さんはお礼を言っていま来た方向へ戻って、また歩いていきます。

住居棟を通り過ぎ、さらに進むと、花壇と大きな常緑樹が二本あり、その隣にプレハブ小屋があります。金網の張られた窓越しに中をのぞくと、数十羽の鶏たちが歩き回っています。白や焦げ茶色の鶏たちが入り雑じっていますが、赤い鶏冠《とさか》だけがどれも同じです。薄暗い鶏舎の中をじっと見ている と、うずくまっている人の背を見つけてぎょっとします。気配を察してふり向いた顔は、先刻相良さんの目の前を横切っていった足の不自由な男の子です。相良さんが右手を上げて笑顔を見せても、男の子はやはりチラリと視線を投げただけで、また何やら手元を動かしています。よく見ると、男の子は籠を持って卵を集めていたのです。

「ずいぶんたくさんあるけど、全部あなたの家に持っていくの？」

戸口から出てきた男の子に話しかけてみると、今度は無視しないで答えてくれます。

「違うよ。パン工場に持っていくのさ」

「パン工場？」

「パン工場では、菓子類も作っていて、卵をたくさん使うからね」

男の子は籠をかかえて足を引きずりながら歩き始めます。相良さんは黙ってついていきます。

「今日はもう学校は終わったの？」

敷地の外にある高校のことを訊いたのです。

「少し前まで行ってたけどね……」

「街の学校？」

「外の街の学校だよ！」

「外の街？」

「そうさ、ここもひとつの街だからね」

「別の街ってこと？」

「そうさ、もうひとつの街さ」

「なら、外の街の高校にはもう行っていないの？」

「うるさいな！　無理して行かなくてもいいって、母さんも言うし、教会の神父さんも言うから、いまは行ってないよ」

　立ち止まって男の子は相良さんを睨みます。それ以上外の街の学校のことは訊いてはいけないようです。男の子はまたゆっくりと歩き出し、ちょうど菜園とは対角線上の一番奥にあたるあたりまで来ると言います。

「ほら、パン工場だよ」

　男の子の視線をたどった先に確かにそれらしい建物の入り口が見えます。パンやケーキを焼くいい匂いもします。しかし男の子は入り口のドアを開けながら言ったのです。

「ここは見学者は入れないよ。衛生第一だからね」

　わけ知り顔に相良さんに言うと、卵の籠を持って中に入っていきます。

　相良さんは外で待つことにします。パン工場の前にも花壇があってベンチも置かれています。花壇の周りをぶらぶらしていると、足下を柔らかい感触の何かがスルリとかすめます。見れば、太った大きな猫が、長い尾をゆらりゆらりとさせながらパン工場の戸口に向かったのです。そして戸口の前でじっとしてドアが開くのを待つふうです。やがて男の子が出てくると、その足下にまとわりついたのです。

「やあ、お前、どこで遊んでたんだい？」

男の子はしゃがんで猫の毛をなでながら話しかけています。

「大きな猫ね。名前はあるの？」

「ソーラって言うんだ」

「ソーラ?!　それって、わたしの名前だわ！」

相良さんが目をパチクリさせると、

「おばさんもソーラなの?!」と男の子も顔を上げてびっくりした様子。

「もうおばあちゃん猫だよ。とても利口で時々外の街にだって出ていくけど、必ず戻ってくるんだ。一度だけ探しにいったことがあるけどね」

男の子は得意げです。

「隣でジャムを作ってるんだ。いろんな果物の瓶詰ジャムさ」

男の子は立ち上がってパン工場の先を指さします。同じ建物の中で隣り合っているようです。

そのとき相良さんは思い出したのです。電車から降りて最初に歩き始めた通りの、重厚な建物の裏外壁の窓の奥でしていた、シューシューというかすかな音のことです。それはジャムにする果物を煮込む蒸気の音だったようです。

「それから缶詰工場もあるよ。病院の向かい側の建物だけどね」

「缶詰工場？　病院の向かい側？」

いまいる敷地や病院以外にもまだ「もやいの里」は広がっているというのです。

「トマトや野菜なんかの缶詰さ。外の街にも出荷してるよ」

男の子がジャム工場のほうに歩きだすと、猫のソーラもすぐ後をついていきます。相良さんもその後につづきます。

「ボクらは外の街からも必要なものを買い入れるけど、外の街にもここで作ったものを出荷してるんだ」

男の子は説明しながらジャム工場の入り口まで来ると、相良さんにドア脇の窓を示して中を見るように言います。やはり中には入れなくてガラス窓越しに様子を見るだけです。もうもうと蒸気が立ち込めている中で、全身白い作業着姿の人たちが立ち働いています。その日は湿った靄が街を覆っていたので、まるで工場の中にも靄が立ち込めているかのようです。

「働いている人たちは、ここに住んでいる人たち？」

「そうさ、ボクらの父さんや母さんたちさ」

「でも外の街に働きにいく人もいるんでしょう？」

「もちろんいるけど、多くはないね」

ふたりが中をのぞいて話していると、ちょうど教会の神父氏が通りかかったのです。

「やあ、マリオ、見学者の案内かい？」

普段着の神父氏は相良さんを見て訊きます。男の子の名前がマリオだということをそのとき相良さんは知ったのです。

「偶然会ったからさ。このおばさんもソーラさんって言うんだ。ほら、猫のソーラと同じ名前だよ。ほんとうに偶然ってあるんだね」

「なるほど、それは偶然だったね」

神父氏も調子を合わせます。そして相良さんにもちょっとうなずきます。

「ところでマリオ、君はもう一度外の高校に戻る気はないかね。まだ初学年だから十分とり戻せるよ」

「いやだね。それよりここにも高校をつくってよ」

「そんなに簡単にはいかないよ」と神父氏は苦笑します。

「神父さんがその気になればできるんじゃないの？」

「君はまだまだ外で学ばないといけないね。いずれここに高校をつくるためにもね」

神父氏は相良さんを意識したのか、少し威厳を見せます。

相良さんもちょっと居ずまいを正して物知り顔に言います。

「わたしなどは、年中外の世界のことばかりで頭がいっぱいよ。何しろ好奇心の塊だから」

「……ボクはこの中で十分さ」

マリオも頑固でゆずりません。

「まあ、考えてみるんだね。わたしはこれから向かいの病院へ出向かなくちゃならないからここで失礼するよ」

神父氏はふたりに言って立ち去ります。

マリオも不機嫌な顔をして、「ボクももう戻らなくちゃ」と相良さんに告げると、背を向けてしまいます。高校の話で気分がすっかり変わってしまったようです。

靄の立ち込めた敷地の中はまだまだ広くて、他にも見るところがありそうだったけど、相良さんはそろそろ外が恋しくなっています。秋の明るい陽ざしは外に出ても期待できそうにない曇天の日でしたが、閉じた中にいるといっそう気分も晴れません。

マリオは足を引きずりながら住居棟に向かったのですが、ふと奥の菜園を見て近づいていきます。

「母さん、まだ戻らないの？　もう昼だよ」

マリオが声をかけたのは、青とピンクの落ち着いた花柄スカーフの女性です。先刻相良さんに「自立の里を目ざしてね」と言った人です。

「もう少しここで作業してからよ。それよりマリオ、神父さんに会わなかったかい？」

「ああ、会ったよ。ちょうどジャム工場の前でね。見学者のおばさんに工場のことを教えていたんだ」

「ああ、きっと黄色い髪のリュックのおばさんだね」

「そう！　ソーラさんって言うんだ。猫のソーラと同じ名だよ」

「まあ！　それは奇遇だったね！」

花柄スカーフのお母さんが感嘆すると、終始無言の女たちも顔を上げていっしょにびっくり顔です。しかし言葉を発する人はいません。

「きっとソーラがお前のために招き寄せたんだよ。リュックを背負って歩くことが楽しくてしょうがないって感じのおばさんだから、お前にも元気を出させようとしたんじゃないかね……」

花柄スカーフのお母さんは、渡りに船とばかりにマリオに語りかけます。「ほんとうに招き猫だね、ソーラは」と言いながら、マリオの顔色を窺うように訊きます。

「……それで神父さんは何か言われなかったかい？」

どうやらマリオが外の高校に戻るように案じているのはお母さんも同じのようです。マリオは押し黙ったままです。母と息子の間に気まずい気配を見てとったのか、白髪を紫スカーフでくるんだ年配女性が言ったのです。

「おや、猫のソーラはいっしょじゃないのかい？」

マリオは言われてあたりを見回します。ジャム工場から後をついてきたはずなのにいつの間にかいません。

「またどこかで遊んでるよ。外に出るのだって平気だから、ソーラは……」


守衛さんにあいさつをして外に出た相良さんは、病院の側壁と細い道路を挟んで隣り合っている缶詰工場は塀越しに見ただけで、向かいの病院との間の細い道を幹線道路の方向へと歩いていきます。来たとき最初に通り越した交差点まで進んで、左折して幹線道路からは一本内側の道をたどっていくのですが、次第に幹線道路のほうへと近づいていくようです。ふと気づくと、猫のソーラが後からついてきています。

「まあ、お前、いつの間に……」

相良さんが声をかけると、ソーラはニャーとひと声鳴いて相良さんを見上げます。

「ほんとうに賢いわね。お前はマリオの身代わりだね。それで外に出てくるのね」

相良さんは、マリオももっと外に出られるようになればいいのにとも思うのです。

建物と建物の間の道を成り行きに任せて歩いていくと、幹線道路に行きついたのです。そしてそこはとても大きな広場になっていて、幹線道路は広場の下を通っていたのです。これまでの街歩きでたくさんの大小の広場を見知っている相良さんでしたが、そこは初めて見る広場で、しかもこれまで見知っているどの広場よりも大きく、その形も円型に近く人も物も雑然としていて圧倒されます。

広場を囲む四つの角には建物があって地上階には魚市場や食料品や香辛料や日用雑貨や衣料品などの店が入っています。どの店も〝来たり者〟たちの店であることがひと目で分かります。魚市場だけは同じクニの来たり者のようですが、それ以外の店は扱っている品物や、店主の顔立ちや装いで、異なるクニからの来たり者の店だと分かります。その店構えには、それぞれのおクニ柄が現れていて、看板の装飾や文字も街では見かけない異様な雰囲気があってさまざまです。そこはどこのクニか分からない異空間の場所のようです。

そして大きな野天の広場に日々テントを張って店を出す人たちも、さまざまな街やクニからの来たり者たちのようです。広場では、およそ人間の生活に必要な物たちを扱っているのですが、それを商っている人たちもまた、さまざまな様相を呈しています。そしてさらには、そこにやってくる客たちもそれと同じくらいにさまざまです。その広場は、美しい格子型街区のちょうど北辺にできた大きなコブのようなものです。しかしコブの中身は本体の街区とはおよそ違っているのです。まるで世界中のいろんな人たちが集まってコブをつくっているかのようです。

相良さんはちょうど建物地上階の魚市場の脇から入ってきたのですが、人や物の坩堝のような広場のエネルギーに目まいを起こしそうです。人混みをかきわけて進みながら、ここではみんな〝来たり者〟ばかりだと思ったのです。いつも街歩きの中で持ち歩いているよそ者意識は、ここでは無意味です。

「ネエさん、葡萄はどうだい？　とびきり美味しい葡萄だよ！」

果物を扱っているあたりできょろきょろしている相良さんに声がかかります。見ればいつもの街歩きの広場でも見かけそうな周辺地域の住民です。

「あら、美味しそうだけど、まだ見て回ってるところだから、あとでね」

笑顔を返しただけでまた人混みに紛れ込んでいくと、またどこかから声がかかります。

「奥さん！　このセーター、ぜったいお似合いよ。ほら、見て！」

声の主を探しあてて目を向ければ、テントいっぱいに吊るした衣類の間から顔をのぞかせているのは、やはり街の周辺住民らしい下町のおかみさんふうです。

「まあ、ほんとうに素敵な色合いね。これからの季節にぴったりだけど、まだいろいろと見てるから、またね」

相良さんはやはり笑顔だけを返して人混みの中に分け入っていきます。テントの店の主たちの多くは、肌の色や顔立ちが違う移民を思わせる人たちだったり、街の中では見かけない民族衣装を着た人たちだったりして、客として来ている人たちの多くもその同胞を思わせる人たちです。こうしたテントの主たちは、相良さんを呼び止めようとはしません。ただじっと目を凝らして見つめているだけです。そのことに気づいたのは、広場の雑踏を小一時間も物珍しく見て回ったころです。途中で声をかけてきた人たちは男女を問わず数えるほどで、思えばふだんの街歩きのテント広場でも見かける周辺住民らしい人たちだったのです。ここはちょっと違う広場だと相良さんは思ったのです。

ひと巡りして、ちょうど最初の建物地上階の魚市場のあたりに戻ったところで、ざわめきが起きています。

「その老いぼれ猫を捕まえてくれ！」

男の怒声です。

「上ものの魚をくわえて逃げたぞ！」

相良さんは猫のソーラのことをすっかり忘れていたのです。嫌な予感がして近づくと、店先に飛び出してきた主人らしい黒い口ひげの男が棒を振りかざしています。

「どんな猫だったんですか？」

「いつもウロウロしてる太っちょの老いぼれ猫さ。確かソーラって言うんだ」

一瞬驚いたけれど、相良さんはじっと平静を保とうとします。

「ほれ、あのもやいの里にいる猫さ。足を引きずった坊やが探しにきたことがあって、そのときそう呼んでた猫さ」

男は相良さんの出現で棒を肩まで下ろしたのですが、その口調にはまだ怒声が残っています。

近くのテント市場の主たちが数人近寄って、またかといったふうに主人を見ています。

「わたしらも生ものを扱ってるが、猫も寄りつかんよ、アハハ」

顔見知りらしいひとりが自嘲気味に笑います。

「うちは干物を置いてるが、年寄り猫だけあって目のつけどころが違うようだ。旦那さんのところは、生の上ものばかりで猫もちゃんと知ってるんですよ、ハハ……」

別のひとりがなだめ口調で笑うと、いよいよ気勢を削がれた建物地上階の主人は、肩に置いていた棒を下ろしたのです。

「まあ、しょうがない……。あの塀の中に逃げ込んだらお手上げだからなあ、ハハ……」

魚市場の主人も苦笑して店の奥へと戻っていきます。

息をつめていた相良さんもほっとひと息ついたのです。


猫のソーラは、大きな魚をくわえていつもの道をもやいの里へと向かっています。今日こそは無事に棲み処にたどりつきたいものだとあたりを注意深く警戒しています。ほんとうは人間の通らない路地裏の道があればいいと思っても、両側にはまったく隙間なく建物が建っていて、猫一匹入り込む隙はありません。それで人間も通るいつもの道を棲み処へと向かっています。幸いそのときは人影もなく、棲み処の入り口へと右折する交差点まで無事やってきたのです。やれやれと思ったそのときです。ふいに人の気配！

「エイ！　魚を置いていけ！」

幹線道路側から飛び出してきた少年が、振りかざした棒をソーラの首に振り下ろしたのです。

一瞬目から火花が散って、ソーラはくわえていた魚をポロリと落としてしまったのです。

「エイ！　魚を置いていけ！」

もう一度首筋を一撃されて、ソーラはなすすべもなくフラフラと逃げます。あと少しのところで、その日も魚を横取りされてしまったというわけです。食べ物はみんなのものなのに、どうして棒で追い回したり、叩いたりするんだろう?! 外の街はまったく不可解だ！　ソーラはその日も何の獲物もなく棲み処に逃げ帰るしかありません。

地図の上の美しい格子型街区の中心街も、よく見れば、さまざまな人や物の集まるデコボコに取り巻かれているのです。「もやいの里」も、塀のない「来たり者の広場」も、もうひとつの街なのです。

冬　街と教会

十二月ともなると、街は何かとざわめき始めます。雪はまだ舞わなくても、街には凍てた空気がぴんと張りつめて、石の建物をいっそう怜悧なものに感じさせます。街を歩く若ものたちのブーツの踵がひときわ澄んだ音を響かせて闊歩するようにもなります。夕暮れ時になると、街のあちこちに大小色とりどりのイルミネーションが輝き始め、どこからともなくアコーデオンやバイオリンなどの音色が聞こえてきます。

ショーウインドーには白い綿の雪がかかったモミの木が現れ、赤や青の豆電球がチカチカと光線を放っています。店の中からはジングル－ベルの曲が軽やかな鈴の音とともに聞こえてきます。ふだんはひっそりとしたたたずまいの街の教会も何がしか街の華やぎに仲間入りして足踏みするかのようです。

《……街には十数ヵ所もの教会があって、中でも街の観光案内に表示されている九ヵ所もの教会は、いずれも由緒ある教会ばかりです。ほとんどはその歴史は比較的新しく、ルネサンスと呼ばれる時代より後の時代のバロックと呼ばれる時代のものです。とは言っても、他のクニや他の街の力強く動的で抑揚に富んだ派手なバロックの特徴からすれば、かなり質素で抑制された外観です。それはこの街の中心が、古くは古代ローマの植民都市だった名残りをそのまま遺した格子街路が、崩されることなく整然と遺っていることと関係があるのかもしれません。一見理の勝った一面が街の形にも現れているかのようで、教会もそれに倣ったということかもしれません。そんなちょっと理性的なたたずまいが特徴の街ですが、九つもの教会が観光案内に書かれているのは、見方によってはチグハグな感じがしないでもありません。……》

外国人向けに書かれた街を紹介する本の中に九つもの教会のことが紹介されていて、相良《ソーラ》さんは目を留めたのです。

十二月も半ばを過ぎるころになると、街はいっそう慌しく華やぎ、人びとの行動も浮き足立ってくるようです。テント市場の手前には、ふだんは見かけない花屋が歩道と路上にモミの木を置いて通行人に声をかけています。

「青々としたモミの木だよ。クリスマスにはどこのご家庭にも必要なモミの木だよ」

厚手のジャンパーと毛糸の帽子で防寒した男性が手を打って客を引き止めています。

「奥さん、モミの木はもう用意したかね？」

ちょうど通りかかった相良さんを呼び止めたのです。

「モミの木なんて、わざわざ買ったことないわ。花も咲かないし……、あなた花屋さんなの？」

「この時期にモミの木を買ったことがないとは……。わたしは花屋だよ、今日はモミの木だけだけどさ」

花屋だという男性はあきれ顔です。

「モミの木なんて、飾ってもちっとも美しくないし、花のように香るわけでもないのに……」

相良さんはなおも男性をあきれさせます。

「モミの木を飾りつけるんだよ！　クリスマスツリーだよ！」

男性は両腕を広げて言いつのります。

「街の中で飾ってあるのは見かけるし、知ってはいるわ……」

「みんな家の中でも飾って祝うんだけどね」

「モミの木を飾ってお祝いなんて、あまりピンとこないけど、せっかくだから小さい一枝をいただくわ。だけど一枝だけよ」

男性の熱弁に気圧された相良さんが一枝を強調すると、男性は苦笑しながら、大きな木の下のほうを払った一枝を包装紙にくるんでくれます。それをリュックに入れて代金を払おうとすると、

「今日はいいよ、今度花を持ってくるから、またよろしくな」と言って、相良さんを見送ります。

テント市場ではボナさんが、売り台をぐるりと取り囲んだ客たちを相手に忙しく手を動かしています。秤にかけてチンという音とともにレシートを切りとり、野菜といっしょに袋にいれて客に渡します。笊にいれた野菜を手に、順番を待つ客たちの頭越しに相良さんを見かけると、笊をひゅーと放り投げて声をかけます。

「今日は寄っていかないのかい？」

相良さんは笊をあやうく受け止めたものの、売り台を見ようとはしません。

「今日はちょっと別のところを見るのよ。街には有名な教会がたくさんあるっていうから」

「有名な教会？」

ボナさんは手を動かしながら、首だけ伸ばして不思議そうです。

「教会なら、ほら目の前にあるじゃないか。このあたりの住民の教会さ。サンタ・ジューリアだよ」

ボナさんはちょうど背面を見せている教会を顎をしゃくって示します。相良さんもよく見知っている教会です。ただ相良さんは学校に通うときなど毎日のようにその脇から正面に回って通りがけに見るだけだから、教会の名前を聞くのも初めてです。ぼってりとした田舎の土蔵のような感じですが、尖った三角屋根と両脇に庇をつけたように少し張り出したシンプルな教会です。とんがり屋根の下には十字の印があり、円蓋の扉口《とびらぐち》がぽっかりと暗い口を開けています。両サイドにも小ぶりの円蓋の扉がありますが閉まっています。相良さんはいつも前を通るだけで中に入ったことはありませんが、日曜日の朝などに礼拝を終えて出てくる人たちを見かけたり、日中黒い服を着た人たちが出てきてお葬式だなと、思ったことはあります。が、中がどんなふうになっているのか、好奇心はあっても、誰でも入れるとは思っていなかったのです。

「そこって、有名な教会なの？」

「有名かどうかは知らないが、ここらあたりの住民の教会さ」

ボナさんはいくぶん不機嫌に言います。

相良さんは笊をボナさんに投げ返して、「もうちょっと別の……」と言葉を濁して立ち去ります。

十二月の半ばを過ぎた浮き足立つような街の中からは、まるで取り残されたように閑散としている場所があります。古書街です。紙芝居小屋ふうの店を閉じているところもチラホラあります。ベレー帽と丸縁眼鏡のトンドさんは、客足が少なくても店を閉めることはしません。古書街が好きだからです。古い建物や老舗も多く、歴史の深さを感じさせる沈思黙考の通りなのです。並べた古本の隙間から通りをぼんやりと眺めていたトンドさんは、黄色いものを目にして飛び出してきます。

「ソーラさんじゃないか！　久しぶりだねえ」

目の前に現れたトンドさんは、厚着をしてマフラーで首元をぐるぐる巻きにして、ベレー帽をかぶったダルマさんのようです。

「ちょうどよかったわ、店が開いていて……、教会のことを書いた本はありますか？」

いきなり相良さんが訊くと、トンドさんは丸縁眼鏡の奥で目を白黒させます。

「教会と言われても……」

「街の教会のことを書いた本があればいいのですが……」

相良さん自身、何が知りたいのか自分自身でもよく分かっていないのです。

「そんな本はあいにくないけどね……。この街の教会のことなら少しは知っているよ」

「なら、わたしがいつも通ってくるテント市場の前にある教会はどういう教会ですか？」

「テント市場の前だって？　そんなところに教会なんてあったかなあ……」

トンドさんは思いあたらないようです。それから観光案内にもあると言って、サン・ジョバンニ－ロレンスだの、コンコローナだの、サンタ・ドメーニカだのと、いくつかの教会の名前をあげます。相良さんの知らない名前ばかりです。

「どれも歴史のあるものばかりさ。と言っても、この街の教会は比較的新しくて、外目にけっこう凝ったつくりのものが多いのさ」

「わたしのいつも通るところの教会はちっとも凝った感じではないわ。まるで田舎の土蔵のような感じだわ」

「ああ、それはきっと中世の古い教会だよ。誰がつくったかも分からないようなものさ。この街ではつくった人の名前がはっきりしているものばかりさ」

トンドさんは無名の教会など気にも留めないふうです。

「薄暗い中世の教会なんて……、ちょっと郊外に出ればあるかもしれないけど……、わたしは聞いたことないね」

古書街で古書を扱うトンドさんにしては意外です。むしろ街の古い時代のことをよく知っているはずなのに、です。

「まあ、今度よさそうな本を見つけたらとっておくよ、ソーラさんのためにね」

トンドさんはそう言って本の棚の裏側に入ってしまいます。

街でいちばん大きな世界広場もクリスマスムードに彩られています。モニュメントの兵士の像とその周囲を四角形に仕切って水を張った噴水池の四隅にも四本のモミの木があります。白い綿の雪がこんもりとかけられ、色付きの豆電球の細い配線が張り巡らされていて、夕刻の点灯を待っています。十二月の半ばを過ぎた寒気の中では広場を散策する人影もまばらです。それでも何やら考えを巡らすようにモニュメントのあたりをぶらぶらしている人もいます。ふだん図書館を棲み処にしているテンポさんも、ちょうど外の空気を吸って息抜きをしています。噴水の水しぶきが図書館で熱くなった頭の中を冷やしてくれるかのようです。絶え間なく噴き上げては流れ落ちる水しぶきの向こうに黄色いものがチラッと動き、水柱の向こうに回り込んでみます。

「ソーラさんじゃないか！　図書館で見かけないと思ったら、ここで会うとは、奇遇だね！」

テンポさんはさっそく握手を求めます。

「まあ、テンポさん、お久しぶりです。今日は図書館で本を探すより、教会を探してるの」

「教会？　教会なんて興味ないね。わたしは神を信じないからさ」

「わたしだって神さまを拝むわけではないけれど、この街には有名な教会がたくさんあるって本に書いてあるのを見たから……」

物知りのテンポさんなら何でも知っているに違いないと相良さんは思ったのですが……。

「それならすぐ近くにも有名なのがあるよ。ちょうど王宮の手前の広場のあるところさ」

テンポさんは斜め北側を指さします。世界広場の四分の一ほどの王宮広場はふだんからひっそりしていて、世界広場に隣り合っていてもあまり人目を惹きません。相良さんもこれまでまったく目に留めていなかったのです。王宮だの有名な教会だのと聞いても、相良さんにはピンときません。十二月も半ばを過ぎると、ふだん見慣れた街が、相良さんにはいつも以上に違った気配を感じさせていたのですが、それが街にある九つもの有名な教会と関係しているのかもしれないと思うようになったのです。けれどテンポさんは、生粋の街の住人なのに教会には興味がないと言って、ただそのひとつを教えてくれただけです。

「わたしには、図書館の中に積み上がっている本の山こそが重要なのさ」

「でも、どんなに重要でもまさかぜんぶを読むなんてムリだわ……」

「ぜんぶを読まなくてもいいのさ。本の群れが何ごとか語りかけてくるんだよ」

図書館を居場所にしているテンポさんらしい口ぶりです。

「それじゃあ、図書館はテンポさんにとっての教会なのね……」

相良さんがふと思いついて言うと、テンポさんはちょっと苦笑いをしただけです。

王宮広場は、十二月の街のざわめきとは一線を画すように凜としたたたずまいです。それは単に人気《ひとけ》がないというより、どこか超然としています。北側奥の王宮の背後には広大な緑の森があって王宮庭園と名付けられています。その広さは世界広場の五、六倍もあります。街の語り部を自任するラッコントさんは、いま森の中を自在に歩き回って王宮広場に出てきたところです。西側側面にある教会の塔と手前の聖堂がすぐ目に入ります。その正面《ファサード》は二段構造に切り換えられていて、上段は中央部の堂の両脇から弓形の翼部が下段の両サイドにつながっています。円蓋の開口部が下段に三つ、上段に二つあるのですが、一般の入り口として機能するのは下段中央のいちばん大きな扉口だけです。遠目に見ると、二つの目と三つの口を持ったちょっとユーモラスな怪物のようにも見えます。ラッコントさんはぶらぶらと広場の中を歩き始めたのですが、聖堂の前を行ったり来たりしている人を見かけて、近づくと後ろから肩をポンポンと叩きます。

「やあ、あのときのあんたじゃないか、元気かい？」

ふり向いた相良さんは目を丸くして飛び上がらんばかりです。

「不思議ねえ、まるでわたしの心の中をお見通しのようだわ」

以前、相良さんは首都広場で街の語り部を自任するラッコントさんから、広場や街の歴史のことを説明してもらったことがあったのです。

「この街の古いことを知りたければワシに任せなさい。いつでも現れるよ」

「この教会のことを知りたいけど、中に入るのはちょっとためらわれて……。ふだん神さまを拝まないし……」

相良さんが言い淀むと、ラッコントさんはいかにも我が意を得たかのように話し始めます。

「この教会はちょっと見にはプリミティブな感じがするけど、実は派手なつくりがもてはやされるようになったもっと後の時代のものさ。ものの本には十七世紀のバロックという時代の建築家がつくったと書いてあるよ」

ラッコントさんは得意気に語ります。

「ワシは隣のクニの同じころの教会を見たことがあるけどな、聖堂の扉口などは、もっとデコボコ、ゴテゴテしていて、太い円柱なんかを右左にいくつかすっくと押し立てているところなんか、古代ギリシアの神殿ふうだが、それをうんと前面の真ん中に押し出して派手にしたものさ。それを思えば、この教会のファサードなどはおとなしいものさ。澄ました王宮広場にクスッとチャチを入れてるような遊び心があってさ」

いかにも時空を超えて話すことを得意とするラッコントさんです。

「でもこの教会もこの街では有名で、つくった人もはっきりしてるんでしょ？」

「もちろんさ！　実はこれをつくった人は他の街の出身でいくつかの街を渡り歩いたり、この街に来る前には、いま話した隣のクニにもいた人なんだ。だからその影響なのか、最初はけっこう派手なファサードを設計したことが分かっているけれど、王家の意向をくんで質素なものにしたんだよ」

「王家の意向？」

「まあな、王家の意向もだろうけど、元来この街のつくりは格子街路で整然とした理の勝った雰囲気があるから、街全体の抑制された調和に合わせたんじゃないかな。派手な自己主張をよしとしない奥ゆかしさといえば聞こえはいいが……」

そこでちょっと言い淀んだラッコントさんは、何やらその先の言葉を呑み込んでしまいます。少し間をおいて話を切り換えます。

「あんた好みの教会となると、ちょっとこの街では見あたらないなあ……」

ラッコントさんは少し考え込むようにして、ふと思いついたように言います。

「この街の郊外、といってもかなり遠くておまけに山の上だが、初期中世の壁画がユニークな聖堂があるよ。お伽噺《とぎばなし》にでもありそうな壁画がね。冬場は雪でとても近づけないが、あんたにはもってこいの〝元祖教会〟と言っていいような山上の素朴な教会さ、まったくもって〝元祖教会〟さ……」

遠い目と口調になったラッコントさんですが、すぐに気を引き戻します。

「この目の前の教会は近隣の同じ時代のものからすると、一見簡素だが、実はちょっと偏屈なところがあって、見た目に反して中はとっつきにくいかもしれないね……。何と言ったって、王家の息がかかっているからさ」

「でも、同じ時代でもデコボコ、ゴテゴテの派手なものより、わたしはこっちのほうが好みだわ。その山の上の『元祖教会』も見て比べてみたいけれど、いまはどっちみち行けないし……」

相良さんの好奇心はむしろ、いま目の前にあるラッコントさん言うところの偏屈な教会の中を見てみたい気持ちにかられます。

「この偏屈な教会だって、少し離れたところからファサードを見ると、大きなガマガエルのようじゃないの。山の上の元祖教会を祖先に持っているような気がするわ」

後ずさりして遠目に見ながら相良さんは少しむきになって言います。するとラッコントさんは突然天を仰いで、「ああ」と声をあげ両腕を広げたのです。何か悠久の気分に囚われたかのようです。

「ワシはこの街に生を受けたしがない語り部にすぎんのじゃが、ワシの頭の中はまるでカオスじゃ。人間というものは何とやっかいな生きもののことよ。同じ地球の同じ地つづきに生きるというのに、あっちに線を引いたり、こっちに線を引いたり、やれ神さまがどうのこうのだの、やれ王さまだの、やれ君主さまだの、やれ皇帝だの、やれ教皇だの、一世だの二世だの、嫁にやったり、嫁にもらったり、婿にやったり、婿をとったり、我が身だの我が一族だのと何でもありの騒々しいことよ……。あっちの神さま、こっちの神さま、お隠れ神さま、お忍び神さまだの、いろいろござって目が回るほどじゃ。……ああ、人間というものは何とやっかいな生きもののことよ……。ワシの頭の中はまるでバ、ロ、ッ、ク、なんじゃよ……」

天を仰いで独り語りに埋没したかのようなラッコントさんに、相良さんはぽかんと口を開けたままです。少しして、ふと我に返ったラッコントさんは、相良さんに気づいて、気を取り直します。

「まあ、中に入ってみたらどうかね」

そう勧めますが、自分は入る気はなさそうです。

「何となく気おくれするわ。ふだん教会の中になんか入ることないから……」

神さまを拝む習慣のない相良さんが言うと、ラッコントさんも言います。

「ワシもふだん教会には縁のない者さ。ワシはただ高いところも低いところも飛び回って、あれこれ見て調べて考えてみるだけだからさ……」

そこでちょっと言葉を呑んでまた天を仰ぎます。

「頭の中のカオスは、神さまを拝んでもどうにもならんのじゃ……」

物知りのラッコントさんなのに、ちょっと無責任だなと相良さんは思うけれど口にはしません。

「いまはまだ何も儀式はないだろうから、そっと入って中を見るくらいは大丈夫さ。ただ、物見遊山じゃないから、静かにおとなしくだよ」

ラッコントさんはそれだけ言うと、「じゃ、ワシはここで失敬するよ」と片手を上げて世界広場のほうへ歩いていってしまいます。結局、テンポさんと同じじゃないか、この街の住人なのに、街には九つもの由緒ある教会があるというのに、どちらも神さまを信じていないんだ、と相良さんは思ってみます。

ぽっかりと口を開けた中央の扉口から相良さんは入っていきます。玄関間からさらに奥に進むと堂内は薄暗く、ドーム形の天井は高く、中央に円陣を描くように円柱が立っています。奥には横長楕円の小さな内拝堂があり、その天井も少し小ぶりのドーム形です。大小二つのドームからなる聖堂です。中央には礼拝者用に木製の長椅子が配置されています。祭壇手前の長椅子では静かに礼拝している人がひとりいます。祭壇には灯は点されていません。

相良さんはそっと進み、ドーム形天井を見上げてみます。中央の大きなドーム形天井には、明かりとりの丸い格子窓が天空に向かって幾層か少しずつ小ぶりになりながら積み上がっています。その幾何学的な形が装飾としての役割をしているかのようです。内拝堂のドームも同様の明かりとり窓になっていて、うっすらと外の明かりがさしています。神さまに関係する絵画などは見あたらなくて、相良さんの中にあった教会のイメージとは少し違っています。大小のドーム形天井を形づくっている幾何学的な明かりとりの、丸い格子窓をひとつひとつ数えるように見上げて、相良さんはしばらくじっと佇んでいます。

前方にいた礼拝者が立ち上がって出口のほうに歩いてきます。礼拝者は女性で、相良さんに目が向くと、目礼しただけで通り過ぎます。ふだんお喋りな相良さんでも、さすがに言葉を口にすることはためらわれます。

誰もいなくなった堂内の奥まで進み祭壇の手前で目を凝らすと、中央奥に十字架に架けられたキリストの裸体の像が見えます。灯りは点されていなくても、天空の明かりが丸い格子窓からさし込んでキリストの像がぼんやりと浮かび上がって見えます。相良さんはじっと目を凝らしているのですが、背中がゾクゾクと粟立って薄気味悪くなってきます。ふだん神さまを拝まないでいて、ただ見物に入ったことを咎められているような、心の中を見透かされているような、落ち着かない気分になってきます。じりじりと後ずさりして中央のドームの下まで来たときのことです。突然何かに打たれた気がして天空を仰ぐと、ピカッと、いくつもの丸い格子窓が強烈な光線を放ち、目を剝き、歯を剝き出しにして相良さんの全身を射抜いたのです。

「ごめんなさい！　神さま」

思わず声を上げてくるりと背を向けると、相良さんは目や歯を剝いて放たれる光線に追い立てられるように出口へと走ります。

外に出ると、大きく深呼吸をして十二月の寒気に全身をぶるっと震わせます。王宮広場には誰もいません。偏屈な教会とは目や歯を剝いて不信心を暴こうとするからなのか……、相良さんは追われるように世界広場に戻りますが、そこにはもう、テンポさんの姿もラッコントさんの姿もありません。

中心街はすっかりクリスマス模様の飾りつけや音楽に彩られています。ウインドーショッピングをするロングコートの女性や、革ジャン姿の若もの、子ども連れの家族などが夕刻の迫った街の中を浮き立つように歩いています。

「パパー、サンタさんはいつ来るの？　いまどこにいるの？」

男の子が父親の手をつかんで訊いています。

「もうすぐだよ。いまあの王宮庭園の森の中で、橇《そり》に乗って雪が降るのを待っているのさ」

「雪が降らないと出て来られないんだ……」

「そうだなー」と言って父親は空を見上げています。

街の華やぎの中にいっとき紛れ込んだ相良さんですが、目や歯を剥いた光線がなおも背筋にあって、落ち着かない気分を引きずったままアパートのあるほうへと戻ります。

古書街まで戻ると、トンドさんが声をかけます。

「ソーラさん！　ちょうどいい本を見つけたよ。あんたにぴったりだ」

トンドさんは嬉しそうに手にした本を見せます。

「街の中の教会じゃないけどさ、山の上に遺っている古い教会の本だよ。この街では絶対見つからないさ、こんな原始的な教会は……」

パラパラと本をめくって見せます。壁画に描かれているのは、確かにキリストにまつわる絵物語の断片ですが、それはまるでお伽噺そのもののユニークさです。人物も動物もまとっている衣服もその仕種も、どれもプリミティブで、触覚的な手ざわり感のある素朴さです。まさに「元祖教会」の住人たちといった風情です。相良さんは、ラッコントさんが言っていた山の上の教会とはこれだと直感したのです。

「わたしはこの街の名のある教会のことはよく知っていたが、郊外の山の上にこんな教会があって、古本になって、まさかわたしのところに身をひそめていたとは……」

「この本は絶対いただくわ、いくらかしら？」

相良さんはリュックを肩からおろします。

「この本はソーラさんへのクリスマスプレゼントさ！」

トンドさんは気前よくにこにこしています。大喜びの相良さんは、「ありがとう！」と言って本をリュックにしまったのですが、包装紙にくるんだモミの木の一枝に気づいて、これまであまりピンとこなかったクリスマスが急に身近に思えたのです。

「よいクリスマスを！」

これまで口にしたことのないあいさつをトンドさんに残して古書街を後にします。

アパートでは野馬《ノマ》さんが、郊外から持ち帰った天井に届くほどのモミの木を相手に悪戦苦闘しています。せまいアパートでは置き場所に困るほどの立派なモミの木です。戻った相良さんは目を丸くします。

「どこでこんな大きなモミの木を？」

「顔見知りの農家の親父さんが、近くの山林で切ったモミの木が一本あまっているから持っていけって言うんだよ」

野馬さんは、大して欲しくもなかったけどと言いたげです。

「花や実のついた木だったら有りがたいが、こんな冬場じゃどこにもないからさ、まあいいかと思ってもらってきたのさ」

そう言いながら大きなバケツに入れて、どこで拾ってきたのか、漬物石のような二つの石をあてがってささえたモミの木を、玄関脇に置いたり、テーブルの横に持ってきたりしていたのですが、相良さんに言われてリビングの窓ガラスのそばに置いたのです。

「まあ、立派なモミの木ねえ」

相良さんにとってもモミの木は特別なものではなかったのですが、いまは何かとても意味のある木のように思えています。自分が持ち帰った一枝はコップに入れて古い教会の本といっしょにテーブルの上に置きます。本の表紙には、はるか白い雪の山脈《やまなみ》と青い天空を背景にした聖堂と鐘塔が写っています。とんがり屋根の小屋とその後ろに倍以上の高さのとんがり帽子の鐘塔ですが、小屋の屋根の下には十字の印が刻まれていて、確かに聖堂であることを示しています。表紙の裏に、聖堂は初期中世の七世紀半ばころ、鐘塔は十二世紀末の建造だとあります。いずれにしても、その日相良さんがラッコントさんから聞いた十七世紀の街の教会よりずっと昔の教会であることに違いありません。冬場は近づけないような山の上だから、下界の人間世界の遷り変わりの波にさらされることなく、邪気のない無垢な壁画とともに生き残ったのかもしれません。

街は、その数日後から雪が舞い始め、クリスマスイブの夜には、何かの思し召しのようにすっぽりと雪で覆われてしまったのです。夕暮れまで街には買い物を急ぐ人びとが慌しく行きかう姿がありましたが、日暮れとともにあっという間に物音ひとつしない静寂の中に沈んでしまったのです。相良さんと野馬さんは、中庭に降り積もる雪を静かに眺めています。少し前までは中庭の向かい側の家々や反対側の電車通りの向こうの建物からかすかな生活音が聞こえていたのですが、いまはすっかり静まり、どこからか鐘の音が聞こえています。

九時になると、テント市場の前の教会に近隣の住民たちがミサに訪れます。サンタ・ジューリアと呼ばれる観光案内にはない古い教会ですが、揺り籠から墓場まで、人生の節目節目に関わる近隣住民にとっての心の拠り所となっている教会です。テント市場のボナさんも奥さんといっしょに訪れ、前方の木製椅子に座って静かに両の掌を組んで祈りをささげています。ふだんいかつい古武士のような風情のボナさんですが、薄明かりに浮かんだその横顔は、別人のように神妙そのものです。

サン・ジョバンニ-ロレンス教会の前の王宮広場には、雪と静寂に吸い寄せられるように人びとが集まり、中の礼拝堂に入った人も、広場に集まった人も、みな押し黙ってミサが始まるのを待ちます。やがて九時の鐘の音とともに厳かな儀式が始まり、その日だけ広場に設置された拡声器から司祭の言葉が流れます。

古書街のトンドさんもクリスマスイブには欠かさずサン・ジョバンニ-ロレンス教会のミサに参加します。トンドさんは長年、本を書いた人とそれを手にした人との双方向の思いがこもった古本を相手にして暮らしているので、つくり手とそこに思いを託す人びとの双方向から培われた教会への思い入れがあるのです。古本屋というのは、元来何かにつけて一家言あって、ちょっと偏屈なところのある人のイメージがつきまとっているものです。一見親しみやすいベレー帽と丸縁眼鏡のトンドさんですが、その心の在り処にはトンドさん流の一家言と偏屈精神が根を張っているのかもしれません。

トンドさんは、堂内の最後方の椅子に背中を丸めてちんまりと腰を据え、ロウソクの灯の点った前方内拝堂をじっと見つめています。中央とその奥の大小二つの天井ドームの丸い格子窓には雪空の暗がりがうっすらと映っています。いまは目や歯を剝いてはいませんが、その幾何学的形には、教会の厳かさというより、むしろ何か理に訴えるものがあります。それは形そのものに、つくった人の意思がこもっているからかもしれません。トンドさんはじっと前方に目を据えたままです。

世界広場も、いまはすっかり静寂の中にあります。教会ではないけれど、そのたたずまいには聖夜の心づかいが施されています。中央の兵士のモニュメントの周囲の噴水は止められ、間断なく流れ落ちる水の音はありません。四角形の水辺の四隅に配された四本のモミの木の豆電球だけが、ピカリピカリとついたり消えたりをくり返しています。そして兵士の首にはモミの木の枝で作ったクリスマスリースが架けられています。教会には行かないけれど、聖夜をただ家の中で過ごすことをよしとしない人たちもいて、防寒着に身を包み世界広場でいっとき静かに過ごす人たちもいます。ふだん図書館を居場所にしているテンポさんもそのひとりです。何か考え深げにモニュメントの周りを行きつ戻りつしています。

そしてラッコントさんも、何やら雪明かりの空を見上げてぶつぶつつぶやいています。

街は、さまざまな人びとの祈りや考えごとやつぶやきをすべて包み込むかのように、雪の中に埋もれていきます。

そして森の中にも雪は降り積もり、いま、樹上にいた一匹のリスがするすると幹をつたって降りてきます。敏捷な動きでふさふさした長い黄褐色の尾を引きずって雪の上を這いまわり始めます。木の実を探すかのように細い口ヒゲを震わせ、口先でチョンチョン、ツンツンと雪の上をつっついて休むことなく動きまわっています。樹上では、一羽のフクロウが目を見開いて樹下のリスをじっと見ています。樹木の間を見え隠れするリスは、時に樹上から落下する雪に埋もれてもぶるっと身を震わせて黄褐色の姿を現し、あくことなく動きを止めません。まるで樹間の白い雪と格闘するかのようです。あたかも樹の幹にはばまれながら、白い紙の上で木の実ならぬ黒い文字を探してのたうつかのようです。樹上のフクロウはじっと目を見開いたままです。

街の外れのアパートでは、「元祖教会」の本をめくっていた野馬さんが居眠りを始めています。

相良さんは、時を忘れたかのように、降り積もる窓の外の雪をじっと見つめています。

……

街は、遠い遠いところにありました。

番外篇 春　町と石地蔵

中庭に面した窓際の椅子に座っていると、相良《ソーラ》さんはいつの間にか遠い遠いところに気持ちが飛んでいってしまうことがあります。それはこの街に来る前の、懐かしいようでいて、どこか溶け合わないいきつくて静謐でもある、ちょっと複雑な気分になる町の記憶です。

町の旧市街は南北に縦長で、街路も縦長長方形の格子街路になっていて、整然としたたたずまいの町です。もちろん旧市街から外れて町は不規則に広がっていて、町全体はゆるやかな山並みに囲われた盆地です。

あるとき相良さんは、旧市街の南側から北に向かってあてもなく歩いたことがあります。数階建てくらいの特別に高層ではない鉄筋コンクリートの建物の間には、木造の一階や二階建ての建物も混在していて、全体として平板な印象の町です。歩くうちに木造建物の街路際に小さな石地蔵を見つけて立ち止まり、つい手のひらで石の頭をぴちゃぴちゃとさわってしまったことがあります。

「ちょっとちょっとあなた、お地蔵さんがお困りですよ。そんなにペタペタさわって……」

ふり向いた相良さんを、ひっつめ髪の年配の婦人が咎めるように苦笑して見ています。

「どうして？　こんなに整然とした町の中にお地蔵さんを見つけて、何だか嬉しくて、ついさわってみたくなったんです」

「ついさわってみたくなった？……」

婦人は相良さんの言葉を引きとって、声を強め、目を見張っています。

「だってこんな町の中で、石地蔵なんて、とても意外だったんです」

「こんな町の中？……」

婦人はあきれ顔のまま、ふと黄色い髪に目を留め、リュックを背負った相良さんの出で立ちに気づいて言います。

「この町の人ではないのね、いくつになっても物珍し好きの人って、確かにおられるから……」

そうつぶやいたあと、なおも諭すように言います。

「でもお地蔵さんは見せ物じゃないから、静かにお手を合わせてあげるのをお喜びですよ」

やわらかなもの言いだけど、どこかぴしゃりと決めつける口調で言うと、婦人は買い物袋をさげて遠ざかっていきます。とても凛とした後ろ姿です。

「見れば見るほど手を触れたり、話しかけられるのを待っているようじゃないの、このお地蔵さん、ちっとも困ってなんかいないわ……。でも、ちょっと作り笑いを浮かべているようだけど……」

相良さんは伏し目がちで丸い坊主頭の石地蔵にぶつぶつとひとり言を残して、また町の中を北へと歩いていきます。

やがて縦長格子街路を断ち切って東西に一直線に延びる少し大きな通りにぶつかったのですが、向かい側は苔むした石垣に囲われた庭園のようです。南側入り口から中に入っていくと、とても広くて歩きでがありそうな、しかも樹木や草木や花々の咲く自然公園の趣です。桜草やタンポポ、ドクダミの白い花など雑草の小道もあって、いかにも自然に保たれています。園内にすっぽりと取り込まれてしまうと、そこがその町の中心にあることなど忘れてしまうほどです。地図を見れば、南北に縦長の長方形の庭園であることが分かります。左右東西の石垣の外側はやはり縦長格子街路になっていて、旧市街全体の几帳面さをいよいよ際立たせています。

人影はぽつりぽつりとありますが、みな一様に静かに散策する姿です。ところどころで清掃をしていたり、草木の手入れをしていたりと、庭園を管理する人の姿を見かけます。十分ほど歩いたあたりで左手に、桜の花が奇妙な瓦屋根をのせた低い土塀からのぞいているのに気づいた相良さん。はらはらと花びらが土塀からこぼれ落ちています。近づいていって背伸びして中を見てみます。すると、静寂そのもののような囲いの中には、とても古式ゆかしげな檜皮葺《ひわだぶ》き屋根がいくつか見えています。土塀の周囲を警備しているらしい男性がいます。

「桜がとてもきれいですね。中を見ることはできますか？」

相良さんは訊いてみます。

「中を見る？」

相良さんの口調をオウム返しに言って、警備員氏は瞬間違和感を覚えたようです。

「一般の人の参観は、これまで春と秋に限られていたが、つい最近通年の参観が許されるようになったけど、事前の申し込みが必要だよ」

警備員氏は「見る」ではなく、「参観」という言い方に口調を強めます。

「どこから入れるんですか？」

相良さんは見渡すところ入り口らしきところが見あたらなくて訊いてみます。

「園の外の西側の通りにある通用口からだけど、決められた時間だけで、申し込みもいるからなあ……」

警備員氏は、相良さんの逸る気持ちをやんわりとかわします。

「こんなに立派な広い庭園の中に、ポツンと古式ゆかしげな一軒家の集まりがあって、どういう人のお住まいかしら……」

「古式ゆかしげ？　ポツンと一軒家の集まり？」

警備員氏はまた相良さんの口調を引きとってオウム返しに言います。

「とても歴史のある、伝統的なお住まいだよ。古式ゆかしい造りそのものさ。いまは住んでおられる方はいませんがね……」

警備員氏はもうそれ以上説明する気も失せたように、見回りのために背を向けてしまいます。

相良さんは仕方なく、また庭園の草木の小道に戻って歩きます。古い伝統のある町の、ど真ん中の広大な庭園の中に、さらに奇妙な土塀に囲われた古式ゆかしいポツンと一軒家の集まり……、とても不思議な気分です。

さらに十分ほど歩くと、北側の出入り口に着き、出ればやはり東西に延びる直線の車道です。園の中の静寂はプツンと断ち切られてしまいます。二車線の車道の向こう側は、近代的な様式のタイル貼りの建物がふたつ並び、一見すると、いま歩いてきた広大な庭園や、奇妙な土塀に囲われた、古式ゆかしいポツンと一軒家の集まりとちぐはぐな気分を喚起されます。ところが車道を渡ってふたつの建物の間に直線の静かな通路があることに気づいて、奥をのぞくと、瓦で屋根と庇を整え両サイドを八の字ヒゲのように跳ね上げた木造の立派な寺院のファサードが見えます。

相良さんは迷わず入っていったのですが、近代的なふたつの建物の裏側には、わずかに芽吹き始めた樹木に覆われた寺の境内が広がっていて、寺院のファサードはその奥に見えます。いましがた歩いてきた町の中心の、広大な庭園のちょうど四分の一ほどの広がりのある境内です。四方を囲われていないから近隣住民の通り抜け道にもなっていることが分かります。観光客の姿はなく、ちょうど境内の清掃をしている初老の男性に近づいて声をかけたのです。

「すみません、とても立派な由緒あるお寺のようですが、中を見ることはできますか？」

「中を見る？」

清掃中の男性はきょとんとして訊き返します。

「立派な寺院の中って、どんなふうになっていて何があるのか、ふだんあまり縁がないので興味があって……」

「興味がある?」

清掃員氏はさらに語気を強めてオウム返しに言ったあと、ふと相良さんの頭の先から足のつま先まで見おろします。とは言っても、小柄な相良さんには、清掃員氏の目線に見おろされるという感じではなく、目線は頭の上に留まったままのようです。

「ああそうか、いまは中に入って拝観することはできないよ。毎年一般公開の期間が決まっていて、ちょうど春の公開が終わったところだからね。次は秋になってからだね」

「残念だわ、せっかくこの町に興味があってやってきたのに……。ここも一般の人には制限があるんだわ……」

「この町にはいっぱい寺院はあって、中にはいつでも拝観くらいはさせてくれるところもあるけど、ここはちょっとダメだなあ……」

清掃員氏は、ぶつぶつとつぶやいて立ち去らない相良さんをちょっとからかうように言います。

「何しろこの町は寺だらけの町だからね。犬も歩けば寺にあたるってなわけで、あてずっぽうに歩いたってお寺さんにはこと欠かないよ。まあ、歩いてみることだな」

相良さんがお礼を言って背を向けると、さらに呼びかけます。

「だけど、町の中心の旧市街はダメだよ。周辺の町内でないとね、寺だらけといっても……」

からかい口調の清掃員氏に励まされて相良さんは手を振って境内の中を進んでいきます。寺院の側面に回り込んで奥へと突き抜けていったのですが、境内には他にもちょっと変わった形の建物も大小いくつかあって、その寺院に関連する施設のようです。どの建造物もチリひとつ寄せつけないようなきりりとした静寂の中に沈黙している風情です。先刻、土塀の中に垣間見た、古式ゆかしいポツンと一軒家の集まりとは趣は違っても、やはり境内の中のポツンと一軒家の集まりのようです。ここではポツンと一軒寺院の集まりとも言うべき……。

相良さんはそんなことをひとりごちながら北側の出入り口から出ます。静かな街路が東西斜めに通っていて、どうやらその北側は、もう几帳面な長方形格子街路からは外れているようです。

北側の路地に誘われてさらにたどっていくと、ふいに道端の石地蔵が点々と目に飛び込んできたのです。みな一様に伏し目がちです。旧市街で見かけたのと同じようですが、そこでは赤や花柄布地の前掛けをしていたり、頭に頭巾や編み笠をかぶっていたりと、近隣の住民の手が加えられていることが分かります。つややかな丸茄子や赤や青の唐辛子、頭をもたげたばかりのようなタケノコ、インゲンなどの地場野菜や、干菓子やだんごの供え物がされていたりします。空模様を見て早朝に供え、午後から夕刻にはそれぞれ供えた人が下げて路地を汚さないようにしている様子。

路地の両サイドは木造の住家が軒を並べていて、旧市街の立派な庭園や寺院の境内とは背中合わせになった生活の場です。町中寺だらけだという清掃員氏の言葉を思い出したのですが、寺の気配はありません。

「お地蔵さんをお気に入りのようですね」

肩越しに声がして、ふり向いた相良さんをエプロン姿の女性が目を細めています。

「ええ、とても！　何だか気持ちが落ち着くんです。みんな同じような表情だけど、それぞれ違う言葉で語りかけてくるようで……」

いままさに子育て中を自任するかのようなエプロン女性は、クスっと肩をすくめて笑って言います。

「夏の地蔵盆のころは、このあたりの子どもたちが道端にござを敷いて、お地蔵さんと話したり、歌ったりしますよ」

「ござを敷いて、お地蔵さんと話したり、歌ったり？　車の通行は大丈夫なの？」

相良さんの真顔の問いかけに、エプロン女性も真顔になって答えます。

「このあたり一帯を通行止めにするんですよ。わたしたちは袋づめのお菓子を用意したりして、子どもたちに配るんです」

エプロン女性はじっと相良さんを見つめたあと、大真面目に言います。

「あなたもぜひいらっしゃいな」

エプロン女性は見ず知らずの相良さんをほんとうに誘う口調です。

「わたしはこの町に住んでいないから……、また来られるかどうか……」

相良さんがちょっと困ってあいまいに言葉を濁すと、女性はまたクスっと肩をすくめて笑います。

「地蔵盆は観光のための行事ではないから、観光目的なら、旧市街に行けば季節ごとに立派な行事がいくらでもありますよ」

物珍しげに住宅地に迷い込んだちょっと風変わりな相良さんへの親切心のようにも聞こえます。エプロン女性は、それ以上は相良さんを相手に話すことはお終いにするようです。相良さんはいまひとつすっきりしない気分を残しながらも、エプロン女性に別れを告げ、バスを利用して旧市街の西側に向かうことにします。

石地蔵の由縁は分からないままだったけど、地蔵盆などという風習もあることを相良さんはそこで知ったのです。エプロン女性の誘いの真意は不可思議だったけれど、子どもたちのための地蔵盆が、いかにも相良さん向きだったことは確かなようです。

几帳面な長方形格子街路が少しずつ崩れたあたりで見つけた寺があります。平屋の軒先まで野菜や果物、乾物類を並べた狭い通路の商店街を通り抜けた左手に小さな遊園地を兼ねた公園があり、その先に小ぢんまりした寺を見つけたのです。境内というほどの広がりもない、日常の生活空間の中に溶け込んでいる気配の寺です。板塀で囲われた木戸の閂《かんぬき》が外され、誰でも入ることが許されていたのです。境内の中は墓地も兼ねていて、ちょうど花を持って墓参に訪れた人の姿もあります。

相良さんも墓地を見るともなく境内をめぐっていて、突然声を上げて立ち止まってしまいます。

「まあ、こんなところにも石地蔵が！　なんて巨大な！　まるで石地蔵のお化けだわ！　それにまだ未完じゃないの……」

立派な屋根付き木製のお堂の中に収まっている石像の前で、ついひとり言を発してしまった相良さん。上半身等身大で、二メートル近くもある大きな岩から彫り出され、岩の断面を背面に背負っていて、岩の台座ごと鎮座しています。頭部の目鼻立ちもうっすらしていて、まだこれから手を加えられるのを待っているかのようです。いましがた北側の町内の路地で見てきた小さな石地蔵たちの代表格のようです。

「こちらはお地蔵さまではありませんよ。未完でもありません」

ふいに背後から声がかかります。ふり向くと、黒い法衣姿の寺の住職らしき人が立っています。頭髪もほとんど残っていないかなり年配の人です。

「こちらは石仏の阿弥陀如来像さまです。八百年以上も前からこの地を見守ってこられたのです」

「八百年以上も前から?!……」

相良さんが驚くと、住職さんはちょっと手を合わせたあと、なおも説明します。

「先の戦争のときは、近隣の住民たちが土の中に埋めて、破壊から守ったのです。お顔の目鼻はもうほとんど形が分からなくなってのっぺりとしていますが、それでもうっすらとご尊顔の静かな表情を残しておられます」

住職さんはまた石像に向かって手を合わせます。未完の石地蔵のお化けなどとつぶやいた相良さんは恥じ入って言葉がありません。それでも何か良かれと思って言わずにいられないのが、相良さんなのです。

「石づくりの像とは言っても、さすがに八百年あまりの年月にはかなわないですね……」

住職さんもうなずいています。

「目鼻立ちも分からなくなって、結局町の中の石地蔵の丸い頭や顔と同じになった感じで、かえって親しみやすくなったようです。こんなに立派なお堂に入っていても……」

相良さんの正直な感想に住職さんは、ちょっとあきれ顔ですが、含み笑いをしてうなずいています。

「御仏のお心は宇宙のように広くておられますから、すべてを御胸の中に抱きとめられるものです……」

住職さんはまた手を合わせます。……

……宇宙のように広くて……住職さんの言葉はどこか遠いところへと風に吹かれていくように遠ざかり、相良さんは、お堂の中の石仏の丸い顔や頭を見上げたままです。するとやはりどこか遠いところで、ガチャガチャ、ガヤガヤと石をこすり合わせるような耳慣れない奇妙な音、あるいは地響きのようなものにふと気づきます。そして耳を澄ます間もなく、あっという間に相良さんは、先刻北側の町内で見た道端の石地蔵たちに取り囲まれていたのです。赤や花柄の前掛けをして頭巾や編み笠を頭にのせた石地蔵たちに……。驚いてふり返った相良さんの目に、寺の住職さんの姿はありません。代わって伏し目がちながら石地蔵たちが、ガチャガチャ、ガヤガヤとお堂の中の巨大な石像に向かって何やら話しかけているのです。相良さんにはその音、響きを聞き分けることはできません。が、石地蔵たちは、まるで立派なお堂の中の巨大な石像が、自分たちの代表者であるかのように集まってきたことを告げているかのようです。八百年余という目鼻立ちも分からなくなるほどの年月を、このあたりを見守りつづけてきた巨大な石像と自分たちが縁者であることを告げようとして……。

石地蔵たちは少しずつ前に横に詰め寄り、相良さんの周りを身動きできないほどにぎっしりと埋めてしまいます。小柄な相良さんは、脱け出そうにも、もう足を上げることもできません。

……ちょっとちょっと、あなたたち！　そんなに詰めないで!!

声をふり絞った相良さんは、その自分の声ではっと目を覚ましたのです。

中庭に面した窓際の椅子に座って、石の建物に囲われた四角い空間を見つめていた相良さんは、いつの間にか居眠りをしてしまったようです。

ちょうどいま、中庭に一台の自動車が入ってきます。中庭は住人の駐車場にもなっているのです。

番外篇 夏　町と磐座《いわくら》

夏のバカンスで、人びとが海や山に出払った街は、もぬけの殻です。学校も休みの相良《ソーラ》さんは、アパートの電車通りに面した開け放った窓辺の椅子に座って、ぼんやりと遠くに目を細めています。四角い建物が群れなす屋上の波を越えて遠く一直線に目をやると、白い山脈が天空の青と境界を分かって浮かんでいます。真夏でも白い雪で頂上を覆った山脈は、空気の層をはさんでいてもくっきりと見えて、遠くにあっても山頂の高さを想像させます。

ずっと以前、相良さんは、裏山の巨大な岩石を背負うようにして祀られた古い神社を訪れたことを思い出したのです。この街に来る前に折々訪ねた格子形旧市街のある古い町でのことです。

夏のことです。低い山に囲まれて盆地になった町の旧市街は、ことのほか蒸し暑くて、歩き回るのを止めて、北西の山の麓にある古い神社で涼もうと思ったのです。バスを利用して最寄りの停車場に降りると、すぐ目の前に巨大な赤い鳥居が威容を誇っていて、いきなり圧倒されたことを思い出します。見上げて鳥居をくぐろうとすると、後ろから声がします。

「ちょっとあなた、一礼してからくぐるものですよ」

同じバスに乗っていたらしい婦人が、後ろで立ち止まって軽く頭を下げています。すぼめた日傘と布製の手提げを手にしています。

相良さんは、怪訝な気持ちで後ずさりして、婦人の後ろに回って軽く頭を下げたのです。

「神聖な場所への入り口ですからね」

婦人はふり返って言うと、どんどんと奥へ入っていきます。

神聖な場所、相良さんにはあまり身近でない言葉です。神社の境内は涼しいところという子どものころの記憶だけがあって、涼を求めてやってきたのに、いきなり出鼻をくじかれた気分です。それでも巨大な赤い鳥居を仰ぎ見ると、何がしか日常とは違う場所に足を踏み入れる気がしないでもありません。砂利道を奥へ進むと、五段ほどの石段があり、上がれば、目の前に赤い鳥居に負けないほどの立派な社殿があります。さきほどの婦人が静かに頭を下げています。神さまが祀られているところなんだな、と相良さんは思ったのですが、近づいて頭を下げることはしません。相良さんにはどうしても嘘っぽい気分があってのことです。

社殿の前を通り過ぎようとすると、婦人がまた声をかけます。

「お参りに来たんじゃないの?」

「旧市街があまりにも蒸し暑かったから、ちょっと涼ませてもらおうと……」

相良さんは言い淀みます。

「『森の木神社』って、名前からして涼しそうだから……」

「あら、神社ではありませんよ。もっと格の高い『森の木大社』ですよ」

「大社？」

「歴史がとても古くて、もとはお上からご供物やご参拝も賜った格式の高い大社ですよ。古くからこのあたり一帯の守り神として大切にされてきたお社です」

「お社？」

相良さんには、聞きなれない言葉ばかりですが、赤い鳥居の巨大さといい、目の前の大きくて立派な檜皮葺きの社殿には、確かにその風格のようなものが感じられます。

「でも、境内はあまり広くないですね。涼もうと思ってきたけど……」

あくまでも涼を求めてきた相良さんの口調に、婦人はちょっと肩をすくめて苦笑すると、「まあ、ごゆっくりと」と言って、右手の社務所らしき建物のほうへ行ってしまいます。

相良さんはその後ろ姿をぼんやりと見送っていたのですが、ふと気をとり直して、社殿の前を周り込むようにしてその裏側を見ることにします。しかし鍵のかかった塀があって入れません。

社殿のすぐ後ろは、急峻な岩山が覆いかぶさるようにあって、見上げると赤い鳥居以上に圧倒されます。いまにも崩れてきそうです。相良さんは塀の横でちょっと背筋が凍るようです。涼を求めて神社の境内にやってきたのに、社殿の裏の岩山だけで十分背筋が涼しいのです。

ふいに塀の中から鍵の外れる音がして、白い上衣と水色の袴姿のまだ若々しい神職さんが出てきて、相良さんをびっくりさせます。手には白い紙垂《しで》と呼ばれるヒラヒラの紙をつけた棒を持っていて、いきなり相良さんの顔の前を左に右に左にと祓《はら》ったことに、さらに驚かされます。

「お祓いです。ここは神聖な場所ですから」

いかにも駆け出しらしい口調の神職さんは、社殿正面よりも、裏山に気をとられて立ち去らない相良さんに気づいて、さっそく出てきたようです。

「とても大きな岩の山ですね。いまにも崩れてきそうで心配です」

「崩れてはきません。この岩山にこそ神さまが宿っておられるのですから。神さまそのものの岩山です」

駆け出し神職さん自身も感心するように岩山を見上げています。

「岩山が神さまだなんて、聞いたことないわ」

相良さんの不思議は募ります。

「正確には、この岩山とその後ろに横たわっている巨大な岩盤を大昔の人びとが『磐座《いわくら》』と言って、神さまが鎮座された神聖な場所として大切に守ってきたのです」

「イワクラ？　大昔の人びと？」

「そうです。磐石の磐に座るの二字でイワクラと読みます。まだこの町に都ができる前に住みついた人びとの信仰から始まっているのです」

「じゃあ、何故、岩山を塞ぐように社殿なんかを造ったのかしら……」

「町が都になって、祭りごとの形が整ってきたことからです」

「祭りごと？」

「都を治めるための儀式が必要になったことと関係したものです」

駆け出し神職さんは、蓄えた知識を口にしてちょっと得意気です。

「だから大社なのね。森の木神社とは言わないで、森の木大社なのね。もとはこのあたりの人びとの自然の岩山を畏怖する気持ちから始まったのに、町の中心が都になって、上に立つ人たちが手を加えたってことね」

相良さんもにわか仕込みの言葉のつぎはぎを得意気に口にします。駆け出し神職さんは嫌な顔もせずに小さくうなずきながら聞いています。

「あなたはなかなか飲み込みが早くて、その上探究心があって、古代の神さまも喜んでおられますよ、きっと……」

「古代の神さま？」

相良さんは急にとても畏れ多い気分になります。

「とんでもない、探究心だなんて……、ただ好奇心が強いだけです」

相良さんの顔が赤らむようです。

「いえいえ、探究心の源は好奇心なんですよ。古代の神さまは、むしろ大らかな好奇心こそを尊ばれたはずです」

若い神職さんは手にした白いヒラヒラの棒を、背後の岩山に向かって左、右、左にと祓って、頭を下げたのです。神職でありながら、ついお喋りをしたことを清めたのかもしれません。

「せっかくだから、わたし、この岩山の後ろの磐座っていう大きな石を見てみたいのですが……」

少し遠慮がちに訊いてみます。

「ああ、それはダメです。ダメと言うより、入れないんです。数年前の台風で大木が倒れたり、岩が通り道を塞いだり、とにかく藪になってしまって、危険すぎて入れません。以前は猿などの野生動物の棲み処になっていて、時々社殿の裏に顔を出すこともあったそうですが……」

「まあ、お猿もいたなんて！　台風で！　残念だけど、神さまの石だからそっとしておかないと……」

ちょっと神妙な相良さんに神職さんはさらに言います。

「それから磐座っていうのは単純な石のことではないですよ。樹木の根が這いあがって生えていたりするような巨大な岩盤で、古代の神さまが鎮座された威容のある岩盤です」

神職さんは、鎮座や威容などという自身の言葉をついくり返したことでふと我に返ったかのように居ずまいを正します。

「まあ、社殿の前に戻って、ぜひ拝礼してください。おうような古代の神さまもきっと喜ばれますから」

それだけ言い残すと、塀の戸口を開けて中に戻っていきます。

相良さんは、ヒラヒラでお祓いまでしてくれて、気さくに話し相手になってくれた若い神職さんにとても感謝する気分になって、社殿の正面に戻ると、賽銭《さいせん》箱に硬貨を入れ、合掌します。

「あら、あなた、それはお寺の仏さんの前ですることですよ。ここでは柏手を打って頭を下げるんですよ」

先刻の婦人があきれ顔で横にいます。

「カシワデ？」

婦人は両手を二回パンパンと打ち合わせて教えます。

「ああ、拍手なのね。何かを誉めたいときにみんなで拍手するあれなのね。でもゆっくり二回だけ……」

相良さんは婦人をまねて手のひらを二回打ち合わせて頭を下げます。

涼を求めて神社の境内にやってきた相良さんでしたが、神社ならぬ大社、古代の人たちの岩盤信仰にまでさかのぼって、いまは神さまへの作法まで知ることになったというわけです。

「今日は社務所に所用で来たけど、あなたのような初めての来訪者に会って、森の木さんもきっと喜んでおられますよ」

「森の木さん？」

「そう、このあたりの人たちは、みんな親しみをこめて森の木さんと呼んでいるんです」

「まるでお隣さんのようだわ」

神聖な森の木神社、いや森の木大社は、お隣さんにまでなったことに、相良さんの脳裏はめまぐるしくアップダウンするようです。

さらに婦人は嬉しそうに言います。

「今日は娘の結婚が決まったことのお礼と、式の予約をお願いしに来たんですよ」

「まあ、結婚式も……」

「うちは代々神前結婚なのよ。森の木さんのお蔭で、願ってもないような良縁に恵まれて大喜びだわ、ああ、これからが大忙しだわ……」

ひとりまくしたてるように言い残して、婦人は手提げとすぼめたままの日傘を手にして赤い鳥居のほうへ戻っていきます。そして鳥居をくぐると、日傘をさっと開いたのですが、その花柄がとても鮮やかで目を見張ります。相良さんは呆然としたまま見送ります。

大社でなくても、町の中にも神社があるのではないかと思いついた相良さんは、旧市街に戻って少し歩いてみます。神社の木陰にまだ未練があったのです。ねっとりと淀んだような町中《まちなか》の空気の中では、町の人びとも鳴りをひそめていて尋ねる人も見あたりません。「神社、神社」とひとりつぶやきながら歩いていると、背後から声がします。

「なに？　神社だって？」

ふり向くと、パナマ帽に開襟シャツの老人が杖をついて近づいてきます。ちょっとハイカラな感じの老人です。

「このあたりに神社ってありませんか？　少し涼みたくて……」

相良さんは顔に噴き出た汗をタオルで拭いながら訊いてみます。

「こんな町中に神社はないよ。そうだろ？　もともと神さまは山が生地だからさ。町の境界の裏山に宿って、近隣の住民の守り神として信仰されたことが始まりなんだからね」

相良さんは森の木大社のことを話してみます。

「ああ、森の木さんは岩盤信仰だね。他にも町の四方にそれぞれ由緒ある神社があるよ」

そう言って老人は、杖で東北や東南、西のほうを指し示します。

「何しろ神は山に宿るってのが、古くからの言い伝えなのさ。それぞれの山際の住人たちが山に向かって、毎朝柏手を打って一日の無事を祈ったんだ」

東北や東南、西のほうと教えられても、もう一度バスに乗ってそこまで行く気力はありません。相良さんにとっては、小ぢんまりした樹々のある神社でいいのですが……。町の中に溶け込んだ小ぢんまりとした神社なんて、およそこの旧市街にはないんだ、そう思って相良さんは自分を納得させます。

「森の木さんを見てきたのなら、反対側の東北のほうにある神社なんかは、またずいぶん趣が違ってて行ってみる価値はあるがね」

老人はぐずぐずとしている相良さんに言います。

「確かに裏山と言っても、岩山じゃなくて、森林に囲まれて、それはそれは洗練の極みのような神殿や石庭があって、人の手がうんとかけられているからさ。というのも、町が都になってからというもの、高貴な人とのつながりができて、何々神事やら、何々祭やらといろいろと行事が増えていって、延々と引き継がれてきたから、建造物や周囲の景観にもうんと人の手がかけられてきたのさ。だからいまじゃ、そりゃあ美しいもので、もう文化だね、あそこまでいくと……」

文化などという言葉まで飛び出した老人の説明を聞いても、相良さんにはピンときません。逆に岩がまるごと人の手を加えられることなく裏山を背負っている、そんな感じの森の木大社にまさるものはない気がします。神さまが宿る岩、「磐座」こそが、とても神聖なものに思えるのです。

「この町には、四方にそれぞれ謂《いわ》れのある神さまが祀られているんですね」

「そうさ、町の四方八方に謂れのある神さま信仰があって、互いに共存しているってところがいいのさ。片や岩盤信仰なら、片や文化の極みの神さまというわけさ。だから、反対側の神殿にもぜひ行ってみることさ」

パナマ帽のハイカラ老人は、いかにもよそ者ふうの相良さんになおも勧めます。

老人の親切にはお礼を言ったものの、相良さんは、再び旧市街をあてもなくふらふらと南のほうへと歩いていきます。気がつけばいつの間にか、近代的なビルが建ち並ぶあたりにいます。旧市街の趣は薄れ、前方に駅舎が見えるところまで来て、ふと目に留まったものがあります。

「まあ、お前たち、こんなところにも！」

つやつやとしたビルの壁面を人の背丈に合わせて三十センチ四方にくり抜いた中に、二体の石地蔵が微笑んでいたのです。赤い前掛けをして赤い頭巾をかぶっているではありませんか！　時の経過による摩耗はあっても、二体は一対で、男女の違いをその体つき、顔の微笑みで判別がつきます。

駅前から旧市街方向に北に走る大通りは、自動車やバスの車道で、終日人通りや騒音が絶えることのない場所です。

小柄な相良さんはちょっと背伸びして、ビルの壁の四角いくぼみを居場所にした二体の石地蔵の前から離れることができません。

「もともとは、お前たちはここの道端が居場所だったんだね、きっと。でも町が近代化され、駅舎が立派になり、駅前にビルが建つようになっても、お前たちの居場所はちゃんと守られたんだ。まさかビルの壁の中に引っ越すなんて、きっとびっくりしただろうけど、撤去されてしまうよりは、よっぽどよかったね」

相良さんはひとり言をつぶやいて背伸びしたまま顔を天空に上向けています。照りつける太陽の光線をさえぎってくれるものなどまったく期待すべくもなく、神社で涼もうなどという思いも忘れて、二体の石地蔵に目線を奪われたままです。

すると、天空に聳えるビルのキラキラと輝く壁面が、あっという間もなく大きな岩山にとって代わったのです。森の木大社で仰ぎ見た岩山が太陽の光線を浴びて光り輝き、いまにも崩れそうです。

………、突然、ガラガラという大音響！　ワァーと大声を上げた相良さん！　その途端、電車通りのはるか向こうに見える白い山脈に気づいたのです。アパートのリビングの窓辺の椅子にいる自分に気づいて、ほっと胸をなでおろします。額には汗の玉がびっしりです。

向かいのパン屋さんが、ちょうどシャッターをガラガラと上げたところです。二時間の昼時間を終えて午後の店を再開するようです。

ちょうど三時です。

「そうだ、パンを買わなくては……」

額の汗を拭ってひとり言を言うと、相良さんは椅子から腰を上げます。

番外篇 秋　町と石の銘板

ふだんの街歩きでは、高く澄んだ空も建物の間に切り取られた空しか見ることができないのですが、アパート上階の窓辺からは、建物の上空に広がる空を見渡すことができます。街の旧市街には高層の建物がほとんどないからです。平板な印象を特徴とする旧市街ですが、窓辺から左手をのぞき見ると、巨大な深型お椀を伏せて避雷針を天空に伸ばしたような奇妙な塔が聳えています。平板な旧市街にひとつだけアクセントをつけている塔は、街のシンボルでもあります。もとは近代に入ってユダヤ教のシナゴーグとして建造されようとしたそうですが、資金が足りなくて外観だけを整えてそのまま遺されたと言われています。巨大なお椀を伏せたような空洞の中は、いまは映画博物館として利用され、街の観光名物のひとつになっています。

相良《ソーラ》さんは電車通りに面した窓辺から首を伸ばして左手をのぞき、天空に聳える塔の尖端を仰ぎ見て、街にいくつもある教会の塔とはまったく形状の違う塔を眺めて、また視線を戻します。澄み切った天空をぼんやりと眺めていると、ふいに何か白いものが視線を横切るのを見た気がします。純白の法衣の裾をなびかせて、頭に真白い深皿のようなキャップをのせた人物が天空を泳ぐように渡っていきます。以前、街の映画館で観たドキュメンタリーの映像から相良さんの中に位置を占め、折々現れる〝空飛ぶ教皇〟の心象です。「空飛ぶ教皇」とはドキュメンタリーのタイトルだったのですが、飛行機で世界各地のいま現在の紛争地や災害地だけでなく、歴史の中に刻まれた災禍やそこにまつわる人びと、異なる宗教の指導者等々を訪れ、人びとと触れ合い、話し合い、祈りをささげ、時に沈黙し、瞑想する姿を記録した映像です。

教会や宗教とは縁のない相良さんですが、空飛ぶ教皇の白い法衣から思い出した光景があります。この街に来る前に折々訪れた木の町旧市街で偶然出会った、白い木造の教会と塔のことです。

「まあ、こんなところに教会があるなんて……」

つぶやいて塔を見上げた相良さん。とても美しい白塗りの瀟洒《しょうしゃ》な木造の教会です。立ち去りがたくて、敷地の中に入り、うろうろといっとき眺めていたときのことです。突然扉が開いて姿を現した背広姿の男性に声をかけられたのです。

「どうぞ、お入りなさい」

「えっ？　……わたしは信者ではないので……」

「誰でも初めは信者ではないのです」

「……わたしはただ、この白い木の教会がとても珍しくて、それにとても美しくて、ちょっと見とれただけで……」

相良さんはもじもじと口ごもって立ちすくんでいます。

「どうぞ、お入りなさい。昨日までの秋季特別公開が終了して一日ズレただけですから。特別に中をお見せしますよ」

背広の男性はもうスリッパを相良さんに向けて靴を脱ぐようにという仕種です。突然の成り行きで戸惑った相良さんですが、根は好奇心の塊ですから、意を決して男性の招きに従ったのです。

二十畳ほどのあまり広くはない聖堂の中に入ってまず圧倒されたのは、目の前に立ち塞がっている高い天井まで届きそうな衝立のような仕切り壁に、です。そこに描かれているきらびやかな金色の地の宗教画に、圧倒されたのです。大小縦横五層に仕切られたひとつひとつに何か意味のありそうな絵が一面に施されていたのです。近づいてみないと細部は分かりませんが、壁面全体を覆っている宗教画の豪華さに相良さんは立ちすくんでしまったのです。しかも仕切り壁は、中央の十字架を高くした山型で、その全体の形状は、まるで金色の炎が燃え立つかのようです。

「この仕切りは聖なる障壁、『聖障』と言います。木製です。いまあなたがいるこちら側は『聖所』と言って、信者のための場所です。この『聖障』の向こう側は、『至聖所』と言って司祭が祈りをささげるための最も聖なる場所です。それから、あなたが入ってきた入り口のあたり、聖堂内手前のスペースは、『啓蒙所』と言います」

「ケイモウショ？」

「そうです。まだ信者ではない人が、礼拝、正確には奉神礼と言いますが、に参加して司祭の話を聴く場所です」

「聖なる衝立に、聖なる場所と、最も聖なる場所……、それに、啓蒙所!?　ですか……」

相良さんはひとつひとつつぶやいて、その意味するところを確認します。目の前に立ちはだかる高い天井に届かんばかりのきらびやかな聖障、聖なる衝立は、その向こう側に何があるのかいっそう好奇心を覚えます。

「どこから入るんですか？　向こう側には……」

「ちょうど中央下段に両開きの扉があるでしょう？」

背広男性は指をさして示します。一面宗教画で覆われていてよく見ないと分からないのですが、下三分の一くらいの人の背丈より十分余裕を持たせた高さに、確かに両開きの扉が切られていることが分かります。

「向こう側を見たいのですが……」

相良さんは当然全部を見せてもらえると思ったのです。

「それはできません！　ふだん信者でも入ることはできません。特別な奉神礼で司祭が祈りをさげるときに開かれた至聖所を、こちら側にいる信者が仰ぐことはできますが……」

背広男性の言葉づかいは丁寧ですが、言わんとすることは毅然としています。相良さんは金色の板壁の前で、閉じられた扉をちょっと残念そうに見つめています。

「この教会は、近代の始まりとともに北方の大国の領事館付き宣教師によって伝導され、この町にも伝えられ建設された教会です。まだ木造が主流の時代のことです」

「近代の始まりとともに？　キリスト教って、もっとずっと昔に西のほうの国から伝わったのでは……」

「あはは、学校で習いますからね、それは南蛮渡来ですね。ここではハリストスと言いますよ」

「ハリストス？　聞いたことないわ。でもキリストのことですよね？」

「ここではハリストスです。近代に入って伝えられた北方の大国由来の教義を旨とする、かの国の呼び名です」

「何が違うのかしら……？」相良さんはひとり言をつぶやきます。

「いろいろありますけどね。細かいことは抜きにして、こちらは、我が国の古式ゆかしい古来からの伝統を何よりも大事にして、その下でこそ人びとを教えのマントで包むことを第一義の目的とするものです」

背広男性は、背の低い相良さんの頭越しに聖障を見上げて、ひとり演説をするかのようです。

相良さんはもう男性の言葉からは気分を削がれてあたりを見回しています。そして左側の台の上に置かれた写真に惹き寄せられます。近づいてみると何枚かの写真が一枚の台紙に貼って、ガラス張りの額縁に収められています。聖障を背にして、集まった信者に向かって話す人の姿に目が留まります。豪華な金色の縁取りを施した白い法衣をまとい、頭には同様の縁取りのある白い頭巾をかぶった司祭らしき人の立ち姿です。

「まあ！　この方はあなたさまですね！」

聖障の前の背広男性の顔を見上げて目を丸めた相良さん。破顔してうなずいた男性。

「ここの司祭さんですか⁉　ふだん着で分からなかったけど……」

「あなたはとても幸運だったんですよ。昨日までの特別公開が終わったばかりで、たまたまわたしが内部の点検をかねてここにいたところでしたからね」

背広姿の司祭氏は言ったあと、相良さんをじっと見て言います。

「あれこれ物珍しがっているだけでは人間としての正しい生き方、家族兄弟愛には至りません。毎週日曜日の朝の奉神礼にぜひいらっしゃい。啓蒙所で参加する人もたくさんいますから」

「えっ？　啓蒙所？　わたしは信者にはなれません……。ただ白い木の教会がとても珍しくて……」

言い淀んで司祭氏の視線を振り切ると、あわてて出口に向かった相良さん。苦笑している司祭氏をよそに外に出て胸をなでおろします。それでもひと息つくと、白い木造の瀟洒な教会と入り口の真上に聳える白い塔をもう一度見上げて、ハリストスという耳慣れない呼び名を重ねてみます。

白い教会に面して、北に向かって真っすぐに伸びた柳並木の道は、小型車一台が通れるだけの幅三メートルほどの静かな通りです。右側柳並木に沿って人幅の敷石を一段高くした歩道を北に向かって真っすぐに歩いていく相良さん。平坦で閑静な旧市街の道路は、もとは馬車道だったに違いありません。歴史を感じさせる落ち着いた通りです。

十分ほど歩くと大きな二車線の自動車道にぶつかり、向かい側は低い石垣に囲まれた広大な庭園です。以前、中を歩いて不思議な古式ゆかしい土塀とその中を垣間見た旧市街の中心に位置する庭園です。いまは紅葉した樹木が石垣の向こうに見えます。

ハリストス正教会は、その庭園に一直線につづく位置にあったのです。


寺院や神社のある歴史の古い町として思い込んでいた相良さんですが、そのときの偶然の出会いから、実は教会にも縁のある町だったことを知ります。白い木造の教会に刺激された相良さんは、町の中の教会のことを調べてみたのです。「ハリストス」と呼ばれるキリストよりもずっと昔、中世末期のころに、南蛮と呼ばれる西方の異国からその町にやってきた宣教師や、その教えによって信者となった人びとのことをものの本によって知ります。それで、本の中にあった手書きの地図を参考にして、目印となる広大な庭園と白い教会の位置を書き込み町歩きを始めたというわけです。

中心となる広い庭園と白い木造教会よりさらに南の、しかも旧市街西側の外れを、手にした資料を頼りにめざします。町に遺る最も古い異教が始まったというあたりです。何しろ中世末期のころのことですから、その痕跡を訪ねるといっても雲をつかむようなものです。それでも何かしら感じられることがあるのではないかと……。

ところが、およそ中世末期のころの面影などカケラも感じることのできない自動車やバスがひんぱんに行き交う大通りにさ迷い出てしまった相良さん。大昔の異教の痕跡を感じることなど期待しようもありません。せめて静かな旧市街の中に何かしらあるのではないかと期待したのですが……、よりによって旧市街の外れに接するあたりにはみ出してしまったようです。

何もない、しょせん無理なことだったわ、妄想癖のある自分を自分で嗤って、ふと大通りに沿った広い歩道の前方に目を凝らします。すると、何やらあたりと溶け合わない異物を目にします。次第にはやる気持ちが湧いてきて、近づいていきます。これだわ！　まさにそこに、「痕跡」があったのです。「石の銘板」です。

大通りの歩道沿いの建物の、コンクリート塀を背面にして設置された石の銘板。縦六十センチ、横五十センチほどの淡いグレー系の石の銘板に刻まれた文字に、相良さんの目は釘づけになります。

そこには中世末期に西方の異国からやってきた宣教師により、教会や病院、救護院が建てられ、貧しい人がたくさん収容されたこと、そしてここで活動した人二十六人は、宣教師の神父とその会士、町で会士となった人、および町の信者たちであったことが記されています。

しかし数年後には為政者が変わって追放令が出され、耳削ぎの刑と町内引き回しの末に最西端の地まで連れていかれ、そこで磔《はりつけ》によって殉教したことが相良さん手持ちの資料に記されています。銘板には「聖なる人二十六名発祥の地」と、少し大きめの題字が刻まれています。

資料がなければ誰も気づかないままの石の銘板。字数およそ二百七十字ほどに刻まれた異教の痕跡。当時の面影を残す具体的なものは何もありませんが、石に刻まれた黒い文字こそが、四百六十年余の時を超えていまに遺された痕跡だったのです。石に刻まれた文字を見つめて相良さんは、車の騒音も忘れていっときぼんやりと佇んでいます。

「あなたはクリスチャンですか？」

ふいに声をかけてくる人がいます。グレーのおかっぱ頭で前髪を切りそろえた小柄な婦人が目を細めています。

「いえ違います。信者ではないですが……」

口ごもった相良さんに婦人は目を細めたまま言います。

「ここに表示されている聖なる人たちの後継にあたる教会は、いまは東側の外れにありますよ」

「えっ？　後継の教会？」

婦人は相良さんが手にしている手書き地図の中に、その教会の位置を示して教えてくれます。そこに印をつけた相良さん。古式ゆかしい土塀のある庭園をはさんで、ちょうど西と東の南方両端にあることが分かります。そしていまいる西側は東側にあるという教会よりさらに少し南にずれて位置していることが分かります。手書き地図をグレーの髪の婦人といっしょにのぞき込んでいる相良さんは、白い木造教会は、古式ゆかしい土塀のある庭園にいちばん近くて、ちょうど真ん中の真南に位置していることを改めて確かめたのです。ずっと古くは、南蛮文化とともに渡来した宣教師や会士、その信者たちの歴史を示す痕跡や教会は、旧市街の西と東の外れにあって地図の上で見るその取り合わせに相良さんなりの思いをはせてしまいます。

婦人に教えられてバスを利用して旧市街東側へ向かった相良さん。訪ねあてた教会は、やはり車やバスの行き交う大通りから東方向に入る路地に沿っていたのですが、その巨大さに相良さんは意表をつかれます。巨大で胴長で学校の体育館のような趣です。胴長建物の屋根は、八の字の頂を天高く引き伸ばしたように聳え、その正面ファサードの真上に、とても大きな十字架が聳えていて、教会であることを示しています。が、見上げる巨大な鉄筋コンクリートの教会は、路地を奥へと歩くほどに、相良さんの中にあった教会というもののイメージに合致しない違和感がつきまといます。建物南側の路地を五、六分歩いてようやくその背面にたどりついたのです。そして背面に回り込むようにしていっとき眺めていた相良さんは、ふいに妙な既視感を覚えます。

「ああ、この建物は町にある在来の寺院や神社と親戚なんだわ」

思わずつぶやいた相良さん。鉄筋で建造され、巨大で胴長であっても、その全体の形状、天に引き伸ばした八の字屋根は、この町の伝統の中に根づいた教会であることを思わせます。寺院や神社の屋根をどこか感じさせるのです。違和感と既視感が同居している教会……。もう一度路地を戻っていくと、途中で向かいの平屋の軒先に顔を出した老人に声をかけられます。

「ずいぶん熱心だが、あんた、クリスチャンかい？」

「いいえ、違います。ちょっと風変わりで大きな教会だと思って……」

「ああ、そうか、ここは近年この町だけでなく、近隣の三つの町にある教会の総まとめを務めることになったときに建て替えられた教会だからさ。大きな催しのあるときは、近隣の町の教会からも関係者や信者たちが集まるから、大人数を収容できるように造ってあるのさ」

軒先に腰を据えた、古老と呼ぶにふさわしい風貌の老人は、朝に夕に目にする向かいの教会を顎で示して説明します。長年自分が暮らしている平屋の家屋とのアンバランスを、特に気にしている様子もありません。

「じゃあ、あなたはずっとこの教会の〝お向かいさん〟だったんですね」

相良さんはちょっと感嘆するように言います。

「お向かいさんとはよく言ったもんだ。何しろカトリックは世界中に信者がいるっていうからさ、お向かいさんでいても不思議じゃないね。その総本山があのローマ教皇のいるバチカンだよ。あんた知っとるかね？」

古老に問われてあいまいに首を傾げた相良さんは、ふと逆に、手描きの地図を見せて訊いてみます。

「それなら、ハリストスっていうキリストのことを知っていますか？」

「ハリストス？　ああ、そういうのもあったなあ。だけどわしらにはあまり縁がないね」

古老はあっさりと言ってのけます。そして相良さんの手にしている地図をとって見ます。

「おや、ここにも印がないといかんじゃないか」

間違いを見つけた口調で相良さんからボールペンをとると、筋ばった手指に力を入れて、慎重に印をつけます。そして、「近世キリシタン殉教の地碑」と書き込みます。西側で見てきた「聖なる人二十六名発祥の地」の石の銘板の史実から、さらに二十年あまり後に起きたとされる、五十名余の庶民の殉教を示す地碑だとのこと。

「家族ぐるみ、子ども十一名も含んだ町の者たちの火炙《ひあぶ》りの刑だったのさ。幼い女の子が『熱い！』と泣き叫ぶ横で、母親が『我慢しなさい、すぐに天国で会えるから』と励ましたそうだ」

古老はわずかに皺深い顔を歪めてつぶやきます。

相良さんは印されたところにじっと目を落としています。かなり南に下って、駅に近いあたりです。地碑は川岸に建てられていることが分かります。

「ここからは遠いですね……」

相良さんがため息まじりに語尾を濁すと、古老は、日々朝に夕に目にする胴長の教会を顎で示して言います。

「この教会がぜんぶまとめて、こうした者たちのことにも〝アーメン〟してるからさ、わざわざ見に行かなかったとしてもバチはあたらないよ」

古老は歪めた顔をにっと笑って見せます。

「ああ、そうか、バチはいかんな、バチは仏さんのほうで言うことじゃった」

そしてもう一度笑みを浮かべます。相良さんも思わずくすっと笑ってしまいます。

「また機会を見つけて訪ねてみたいけど……」

それでも相良さんは律儀に言って、物知りの古老の前を通り過ぎてから、ふと、ふり返ります。

「あなたさまは、クリスチャンですか？」

「いやいや、わしは、ただのオジチャンだよ、はっはっは」

茶目っ気のある古老の枯れた声が、高く澄んだ空に響きます。

いまでは、「聖所」と「至聖所」の間を仕切って、炎のごとく天井に届きそうな金色の「聖障」のある白塗り木造の教会が、手描き地図上にまるで孤立しているかのように位置を占めています。唯一、古式ゆかしい土塀のある庭園への道に拠り所を保っているかのように、です。

澄んだ秋空を仰いで旧市街の中心へと向かい、白い木造教会の前を通って真っすぐ北に向かいます。広大な庭園の見えるところまで来た相良さんは、苔むした石垣からのぞいて見える、いまは燃えるような紅葉を目にします。ちょうど傾きかけた夕陽に映えて、まるで炎のように燃え立つかのようです。

熱い！　足もとから這い上がってくる炎。

熱い！　手も足もくくりつけられていて動かしようもありません。

熱い！　すると、空《くう》を駆ける白いキャップと白い法衣の「空飛ぶ教皇」。

熱い！　熱い！　思わずうめいた相良さん。

気づけば、建物の屋上を越えてずっと向こうの西の空に、いま沈もうとする日没のオレンジ色の太陽。窓辺からさし込む西陽に気づいて、相良さんは立ち上がると、カーテンを引きます。

まるでドキュメンタリーの映像に、白い紗幕《しゃまく》を入れるように——。

番外篇 冬　町と石の化身

年が明けても街はふだんと変わりません。浮き足立つように華やかで、にぎやかで、やがて厳かに静寂の中に閉じた街は、年の暮れの聖夜と呼ばれる前後数日間だけです。

電車通りに面した窓辺に座って、相良《ソーラ》さんは重くたれ込めた冬空をぼんやりと眺めています。雪は降っていないけれど、石の街の格子街路に出ていく気にはなれません。歩けばカチカチと音のしそうな歩道の敷石を思っただけで、身がすくんでしまいます。むしろ雪が降り積もっていたほうが、街路は柔らかく暖かい感じがするほどです。

石造りでなくても、ずっと以前に訪れた、木の町の格子街路の凍てた寒さも記憶の底から思い出されます。木の町と言っても、すべてが木造ばかりではないけれど、町全体としては木の町なのです。底冷えする寒さは街路だけでなく、木の町全体を覆っているかのように感じられたものです。むしろ石造りの街のほうが、建物全体に完備された暖房の暖かさで外の寒さが緩和され、気分としては、寒さの度合いが違うように思えるのです。

ある冬の日、木の町の旧市街を歩いたときのことです。旧市街のある町への漠然とした関心、あるいは憧れのようなものがあって、町の地図を手に、わざわざ冬の町へと出かけたのです。

ひと口に旧市街の格子街路と言っても、東西南北タテヨコ四本の幹線道路にはさまれた幾筋もの街路は、タテにもヨコにも狭い生活道路のような細い街路になっていて、多くはとても静かな通りです。雪は降っていなくて、相良さんは、左右両側に軒を並べた住家のある道を左右あれこれと見ながら歩いたのです。ほとんどが木造二階建てだけど、よく手入れされた門構えの家々ばかりです。その中に周囲とは趣の違う二階家があって、目を留めたときのことです。二階が広い一枚ガラスの引き違い窓になっていて、冬の陽ざしを取り込もうとするのか、カーテンも開けられています。一階は木造だけど、よく整えられた生垣に囲まれた邸宅です。相良さんが二階のガラス窓をいっとき見上げて立ち止まっていると、突然ガラス戸を開ける音がしたかと思った瞬間、ピシャリ！と鋭くガラス戸を閉じる大きな音がしたのです。いきなり目の前でパチン！と拍子木を打ち鳴らされたかのようです。

「わたしに何か?!」

思わず大きな声を張り上げ、ガラス戸の中を見た相良さん。人影はありません。まるでガラス戸がかってに音を立てたかのようです。相良さんはその音が自分に向けられたものなのか判然としなくて、ただ呆然と立ちすくんだまま二階の窓を見上げていたのです。

「どうしたんだい？」

声がしてふり向くと、フェルトの山高帽をかぶって立派なウールのロングコートを着た紳士がいます。

「いまいきなり二階のガラス戸の大きな音がして……、ちょっとびっくりして……」

「ははは、……ここではよくあることさ」

紳士は特に不思議がることもなく笑っています。

「このあたりの住人は、町にやってくるよそ者にジロジロ見られることをよしとしないからね。何しろこのあたりは、古くからの伝統のある旧市街で、代々つづく〝町衆《まちしゅう》〟が暮らす住宅街だからね」

「町衆？　市民ではなくて？」

「特に商売をしているとかではなくても、古くから培われた町衆としての気質があるのさ」

「町衆の気質？　あれこれ見ていたわたしは、よそ者ってことですか……」

「まあ、そうだね。年中観光客の多い町だけど、このあたりは特に観光客が歩くところでもないから、なおさらかもね」

「ただ整然として、古くて美しい街路だから歩いてみたくて来ただけなんだけど……」

「もの好きだねえ。わざわざこの寒い中を。まあ、このあたりではあまりキョロキョロしないことさ」

フェルトの山高帽の紳士も、ちょっとあきれるように言って忠告すると、行ってしまいます。

再び歩き出した相良さん。思えば相良さん自身、どうしてなんだろうと思います。「町」というものへの憧れが、ずっと昔からあったことを改めて思い出したのです。その裏側には、山間の中に猫の額ほどの田畑が点在する山村の風景があります。朝夕目にする山並は、高くはないけれど、目の前を塞いでいて、その向こう側、遠くにあるものを見たいという思いが、特に意識することなく、相良さんの気持ちの中に棲みつづけていたように思えるのです。

——相良、お前はもの好きだなあ——。

ふいに相棒の野馬《ノマ》さんの声が耳の底から聞こえます。何かにつけて「町に行く」と言い出すたびに、野馬さんはあきれてものが言えないというように、言ったものです。

——町に何があると言うんだ。ちょっとばかりにぎやかで、ハイカラだっていうだけじゃないか。

野馬さんには、日々、山や川のある自然の中で田畑といっしょに暮らすことこそが、人間として、いちばん価値のあるいい生活だと思えているのです。

人気《ひとけ》のない底冷えのする真冬の格子街路を、地図を片手に北に向かって歩いていた相良さんは、右手東側の方向に足を向けます。南北に走る二車線の大通りの中の、そこからいちばん東側が近い道を確かめて、コーヒー屋さんを探すことにします。

ほどなく大通りに出てみると、北側前方に東西に走る、やはり二車線の大通りがあって、その交差点が見えます。近づくと、交差点を渡った斜め向かいにコーヒー屋さんのガラス戸が見え、二階にも横長の大きなガラス窓があって、通りに面した窓際には客の姿もあります。相良さんは迷わず交差点を渡って店に入ると、ミルクコーヒーを注文し、二階の席に上がります。窓際から通りやその向こうに旧市街が臨める席について、相良さんは冷え切った体を包む暖気にほっとします。

ミルクコーヒーが運ばれ、いつもより多めに砂糖を入れてゆっくりと口に含むと、人心地がつく気持ちです。二口、三口と含んで窓の外を見ていると、隣の席で話しているふたりの女性客の声がします。

「やっぱり旧市街はひと味違うわねえ。どこか上品なところがあって……」

「そうねえ、でもわたしはむしろ苦手だわ。何かにつけてもって回ったところがあって……」

「それはいい意味で、洗練された人たちの気質からくるものじゃないかしら」

「そうかしら……。でもね、旧市街の中心地区を『田の字』地区とも言うのよ」

「『田の字』？」

「田んぼの田の字よ。格子街路の別の呼び方よ。実際には北方向に少し長方形になってるところが多いんだけど、田の字のように仕切られた街路だからね。とても言い得ていると思うわ」

そう言った女性は、ちょっと首をすくめたようです。

相良さんはつい聞き耳をたててしまいます。わざわざ寒い真冬に、木の町旧市街の格子街路を歩きに来たことを、揶揄されたようにも思えたのです。それでつい横を向いてひと言発してしまいます。

「『田の字』って、そんなふうにも呼ぶのかしら、あの格子街路を？」

女性ふたりは同時に相良さんを見て驚いたようです。

「旧市街にお住まいですか？」

口調を改めた女性は、「田の字」地区と言った人です。三十代くらいでストレートの短髪の女性です。相良さんの装いを素早くチェックして、気配を緩めるようです。

「いいえ、この町の住人ではなくて……、まあ、観光客、というより、見に来た者です」

相良さんは自分を説明するのにちょっと困ったふうです。

「わざわざこの寒い冬に？　……特に目あてもなく？……」

もうひとりの女性が少し遠慮がちに言って、じっと相良さんを見つめます。やはり三十代くらいで、肩までのセミロングの巻き毛の女性です。ふたりとも勤め人のようです。

「わたし、もの好きだから……」

いつもの口ぐせが口を突いて、ようやく自分を説明した気分です。

「とても幸運だった地区だから、古くからの町の形がずっと遺っているのだわ」

「幸運？」

「そう、旧市街は戦災の被害を受けずにすんだから」

「戦災の被害？」

「周辺の丘陵地帯や、山裾の田畑のある地域なんかは、けっこう壊されんだけど……」

ふたりの女性が交互に説明します。

「遺った中心地区は形だけではなくて、昔からの伝統や、代々家を継いできた人たちのしきたりのようなものもあって、わたしたち周辺の者とは一線を画しているようなところがあって……」

相良さんにそう説明するのは、「田の字」地区を口にした短髪の女性です。

「伝統とか、しきたりとか、わたしにはあまり身近でないから、よけいに惹き寄せられるのかもしれないわ」

それは相良さんの正直な気持ちです。ふたりの女性は、黄色い髪のちょっと風変わりな相良さんを、改めてしげしげと見つめています。旧市街の住人ではないらしいふたりは、目の前の相良さんを、さらに町の外側からやってきた外来者だと確かめるようです。

「でも旧市街と隣り合って暮らしていれば、いつの間にかその伝統やしきたりに染まって、結局中心の人たちの仲間入り、ってことになるんじゃないかしら」

相良さんは、ふたりの女性を交互に見やりながら、わけ知りに言ってみます。実際、まったくのよそ者の相良さんからすればごくあたり前に思えることです。

「それが、そんなに単純なことではないのだわ、ここでは。田の字地区を囲っている見えない壁は、それはそれは強固なんだから」

短髪の女性が少し口調を強めると、セミロングの女性もうなずくようです。

相良さんには、隣り合って暮らす女性たちの言葉がいまひとつ具体的に理解できなくて、首を傾げたままです。が、そのとき、耳の奥でパチン！　と大きな拍子木で叩いたようなガラス窓を閉める音がします。そして、通りがかった紳士が「ここではよくあることさ」と笑った言葉を思い出したのです。ああ、そうなんだ、キョロキョロと見て歩くよそ者が不快だったり、追い払いたいと思う心根が特に強いんだわ、あのあたりでは。何しろ、〝町衆〟の町だから……、市民と言わないで……。

「でもわたしには、田んぼの田の字がつく旧市街なんて、何だかかえって親近感があって、ちょっと嬉しいわ」

女性ふたりは怪訝な表情です。

もしいま、そこに相棒の野馬さんがいれば、きっと喜んで言うに違いありません。

――相良、それはわたしの町か？　田んぼの田の字がつくんだろ⁉

相良さんは思わず噴き出しそうになります。女性ふたりは、さらに怪訝な表情です。

「ごめんなさい、いまふいに自分ごとのことを思って……」

相良さんは言いながら、ふと持ち歩いている町の地図を広げてふたりに見せます。

「ほら、大きな通りのタテヨコと、その中にいくつかのタテヨコの細い通りがきちんと並んでいるでしょう？　ひとつひとつは少し長細いところもあるけれど」

短髪の女性の指先がなぞって見せる上を目で追う相良さん。

「いままで気づかなかったわ。確かに田の字ね。タテヨコとても整然としていて……」

言いながら、さらに見ていて、相良さんは気づきます。田の字地区の上には、あの古式ゆかしい一軒家の集まりのある庭園があることに。大きさは田の字地区全体のちょうど北東四分の一を占めています。相良さんのなぞる指先を見ていたセミロングの女性が言います。

「ああ、その庭園こそ、この町の伝統や文化を象徴しているかもね……」

「強固な壁の内側の人たちが拠り所にしている気質の源かも……」

と短髪の女性。

「それほど単純なものではないと思うけど、多少はそうかも……」

とセミロングの女性。

ふたりの女性が自分たちの会話に戻るのを聞きながら、相良さんは、地図をたたんで自分のテーブルと椅子に座り直し、窓の外の旧市街のほうに目を向けます。重くたれ込めた冬空の下に、田の字の町はじっと息をひそめているかのようです。

ミルクコーヒーでひと息ついた相良さんは、地図をリュックにしまい、隣り合った女性客ふたりにお礼を言って席を立ちます。

再び旧市街に戻って歩き出したのですが、美しい格子街路が田の字地区という隠れた呼び名を付与されていることを知り、見え方が少し変わったようにも思えます。一方向の細い通りばかりを選んで歩く相良さん。車が通ることもまれで、周囲の住家やその中に点在する商家など、自営の家業を思わせる店構えの建物を見るともなく見て歩きます。やがて田の字地区の北の端の大通りに突きあたって、向かい側に古式ゆかしい一軒家の集まりのある広大な庭園の石垣を見たのですが、左折して西の方向へと再び田の字街路の中へと入っていきます。いまでは歩くことだけが目あてだから、地図を広げる必要もありません。

やがて西側の田の字地区の境界と思われる二車線の自動車道に突きあたり、少し北側に交差点があり、向かい側に渡ることにします。

しばらくは田の字街路の名残りを残しているかのようですが、やがて通りは不規則に崩れていきます。住宅地の間や後ろには大がかりではないけれど田畑もありますが、冬場の作物はほとんど見られません。なだらかな丘陵の裾野が目の前に迫ったとき、相良さんは少し先に何か表示された杭に気づきます。近づいてみると、「この先、石の自然庭園」とあります。

表示の方向へ向かっていく相良さん。枯れた下草の林の中の小道に入っていくと、大きな石が点々と目に飛び込んできます。タテヨコ一、二メートルくらいの、大人の腕でひとかかえもありそうなものばかりです。形はどれも手を加えたものではなくて、自然そのままのデコボコゴテゴテした石を、樹木の間にただドシンドシンと置いただけのようです。もともとあった大きな石の間に樹木が育ち林になったものなのか、あるいは、林の中に人の手によって持ち込んだものなのか分かりません。

点在する大きな石と樹木、とても不思議な光景です。林の中に不規則に据えられたかのような石に次々と手まねきされ、目をうばわれて入っていく相良さん。冬枯れの中では人影もなく、少し不安になってきますが、庭園であれば、どこかに境界の表示があるはずです。

それでも、もう引き返そうかと思ったときです。黒っぽい石が目に入った瞬間、突然動いた！　のです。クマだ！　と思って二、三歩後ずさりすると同時に、ガサッと枯草の音！　次の瞬間、黒いカタマリが立ち上がったのです！　うわっとのけぞった相良さん。がっしりとした大男が鎌を手にしています。

大きな体軀の黒ずくめの男性が相良さんをじっと見つめます。黒い革の帽子で耳から顎まで覆っていて、その四角い顎の張った顔の中に、大きな澄んだ目がひときわくっきりと見開かれて相良さんを見つめています。クマのような体軀だけど、その顔立ちはとても知的な印象を放っています。

「春先に青い芽が出る前の、いまのうちに下草を払っておいたほうが木のためにいいからさ」

男性は相良さんの出現にとくに驚く様子もなく言います。

「この林の中にある大きな石は、もともとあったものですか？」

相良さんが何よりも知りたいことです。

「ああ、ここの石か、外から運んできたものさ」

「わざわざこんな大きな石を？　何のために!?」

「このあたりの山林の所有者が遠くから運び入れて、適当に据えたと聞いてるがね」

「どうして、わざわざ？　費用もかかるのに……」

「さあ、わたしにも分からんがね。財産家で、もの好きが昂じたのかねえ……。いまは孫の代になってて、下草の刈りとりなど管理を任されているのさ」

男性は澄んだ大きな目で四方を見わたし、何か想いを凝らすようです。そして少しして、つぶやきます。

「石と木のコラボ……」

「石と木のコラボ?」

「そう、石と木のコラボ……、長年やってて、いつの間にかわたしは、ここの石と木のコラボにとりつかれてしまったのかもしれん……」

男性は、相良さんの出現と問いかけに触発されたのか、そのとき初めて自分自身の中に眠っていたものを言葉にするかのようです。

石と木のコラボ……、「石の自然庭園」と銘うたれたそのあたり一帯の、不思議な光景をとても言い得ています。

「どこから運んだのかしら……」

「北の海べりのほうに石山があったのさ。わざわざここにこうした石を運び入れた山林の所有者は、このあたり一帯の民家や農家の田畑や、在来の寺や神社が戦災で破壊されたことで、何か思うところがあったんじゃないかねえ……。もうその当事者はいないがね」

男性は自分なりに思うところをつぶやきます。そして目の前の石をじっと見ていて、ふと思い出したように言います。

「わたしはずっと以前、この町の旧市街よりもっと古い都があった別の町の、歴史資料館を訪れたことがあるがね。そこの展示館に併設された、野外庭園に置いてあった石造物を見たことがあるがね。もちろんレプリカだけどね。石の大きさは、展示館に収まるようなものではなくて、やはりここの石と同じような大きな石が多かったが、それぞれわずかに人の手が加えられていて、人面石や猿石、馬石といった、人間や動物の顔や体を大ざっぱに象った石が、芝生の上にあちこち据えられていたのを見たことがあるんだ。どれも人や動物の顔や体の特徴を大ざっぱに真似たもので、いまの時代のわたしらには、とてもユーモラスで肩の力が抜けるようだったね」

相良さんもうなずきます。

「いま思えば、あたかも抽象表現か、もっと言えば表象化されたもののようにも思えるんだ……。まあ、プリミティブな形なんだろうがね」

男性が想いをめぐらすように言っても、相良さんにはよく理解できません。

「それやこれやを思うと、この林の中に持ち込んだ自然の石には、何かもの言わぬ意思のようなものを感じるのさ……」

「もの言わぬイシ？　確かに石は何も話さないから……」

相良さんがうなずくと、男性はクスッと笑います。

「いや、石じゃなくて、思うということの意思だけどね」

相良さんがいまひとつぽかんとしていると、

「確かに石はものを言わないけどね」

と男性はとりなします。

それから改めて相良さんの出で立ちを見て訊きます。

「まあ、こんな寒い中をわざわざここまでやってきたあんたも、ちょっと不思議な御仁だねえ――。何か訳でもあるのかい？」

「ずっと以前から町に憧れて、冬の旧市街を歩いてみたくて、ようやくやってきたんですけど……」

田の字地区という言葉がよぎったのですが、言葉にしません。

「ははは……、もの好きな御仁だねえ――。それでこんな周辺まで迷い込んだってわけか、ははは……」

男性はがっしりとした石のような体軀とは裏腹に、高く澄んだ声で笑います。声は、木々の間をこだまして、冬の冷気の中に響き渡っていくようです。

「偶然だったけど、中心街と周辺地区を見ることができて、幸運でした」

「まあ、この寒さだから、ほどほどにして町に戻ることさ」

男性は言うと、もう鎌を持ち直して作業を再開します。相良さんはその様子をしばらく黙って見ていたのですが、男性はもう意に介す気配もみせず、黙々と作業をつづけます。まるで、もの言わぬ石に成り代わったかのように——。
相良さんは、お礼の言葉を残して、来た方向へと戻っていきます。

………

電車通りの、窓辺から見る石の街の冬空は、重くたれ込めたままです。冬の山林で、石と木のコラボに魅せられた男性は、いまではまるで、〝石の化身〟のように思えるのです。
そしてまた、いまでは、あの木の町の旧市街・田の字地区は、小さな小さな箱庭のように思えるのでした。

あとがき

この本が形となるまでに十数年の時間が流れました。十六篇の最初の作品は、二〇一一年に生まれた「街とホウレン草」です。ちょうど東日本大震災とそれに伴う原発事故の起きたすぐ後のことです。それから二〇二二年の「街と教会」までの十年余にわたって「街」シリーズの十二篇を「相良《ソーラ》さん」とともに書き継ぎました。ただし他の十篇は、春夏秋冬の順序も含めて目次どおりに生まれたものではありません。この十年余という時、時代の経過の中で考えたり、記憶の底から浮上したり、現実の世界の出来事からインパクトを受けたりしたこともモチーフとなって生まれたものです。

番外篇の四篇は、「街」シリーズの終わりが見え始めたころ書き足すことを決めた作品です。二〇二二年から二四年の二年間に「町」として目次どおりに書き継いだ作品です。（注記：十六篇の初出は「葦牙」の会編集発行の文芸、ジャーナル誌ですが、本書に収めるにあたって多くの手直しをしています。）

相良さんが暮らす「街」は、どこか特定の街ではありませんが、作者が人生のほんの一時期過ごしたイタリアのトリノという街での体験がベースになっているます。ベースになっているとは言っても、相良さんというおよそ大人とも子どもとも判然としないキャラクターが触媒となった作品ですから、ひとつひとつの作品が終わりを迎えるころには、ベースの影は薄れ、現実と非現実が、あるいはリアリズム的要素と寓話的要素が混在していくようでもあります。作者の中では、十六篇のどの作品にも、くっきりとした現実の体験、印象が消しがたく残っているのですが、相良さんというキャラクターの触媒作用によって話の進行がいつの間にか非現実、あるいは寓話的な話へと移っていきます。そのひとつの例として、話の中で「あっという間に」というフレーズがよく使われていることも、その表れのひとつではないかと思います。

十六篇を書き継いだこの十数年の年月の中では、日本でも世界でもおよそ思いもしなかったような出来事、事変に遭遇しました。原発事故による放射能汚染、新型コロナウイルス感染症の世界的な大流行、地球温暖化と自然災害、破壊の限りを尽くす紛争あるいは戦争、難民、移民……、そうした日々現実にニュース等で見聞きすることは、作品の中では直接触れる力を持ち合わせていませんでしたが、作者の中ではいつも念頭にあって、多かれ少なかれモチーフの何がしかを担ってもいました。

それでも結局のところ、作者が当初書こうとしたのは、四季折々の格子街路のある「石の街」と、そこで暮らす人たちをよそ者の相良さんの関与で点描することだったと思います。最初の作品「街とホウレン草」では、四角い石の広場の生活感あふれるテント市場の光景と、午後には跡形もなく消え去る広場の静寂とがくっきりと作者の脳裏に焼きついています。そして、「ホウレン草」は、実は作者自身が日本で体験した放射能汚染の度合いを、ホウレン草によって報じられた時期の記憶も忘れがたく作品の背景としてあります。「サングラス」では、早朝の石の広場の清掃車や、強い日差しをものともせずに店の外で昼食のテーブルを囲む人たちの姿が脳裏にあります。「ピッツァ屋」では、古書街につづく歴史的建造物の多い落ちついた通りの一角から漂ってくる、チーズの焼ける香ばしい匂いがいまでも鼻先をかすめてくるようです。「一時間のオマケ」は、夏時間から冬時間に切り替わるときの、作者にはちょっとミステリアスで不思議な体験から生まれた一篇です。「白い人」は、街路際の小さなテーブルでひとりコーヒーを飲んでいて遭遇した、文字どおり全身白ずくめの女性から向けられた仕種から生まれた一篇です。他にも大きな広場の一角で、ひとりの男性がいままさに白ずくめに変身しようとするところに遭遇したこともあります。

　十六篇の作品にはこうした石の街でのささやかな見聞から受けた印象、記憶をモチーフにして生まれた小品とも呼ぶべき作品も多くあります。むしろこうした軽めの話こそ書きたいと当初作者が思ったことでした。

　それでも十数年という年月の中では、先にも触れたように現実の内外の出来事や歴史を考えたりすることからの影響も素通りできませんでした。例えば「広場」「春の祭」「雪の日」「空気」「破壊される街」「もうひとつの街」などですが、こうしたやや堅苦しくなりそうな作品も、相良さんというキャラクターに助けられて、それなりに難をまぬかれているのではないかと期待するところです。

「街」シリーズ最後の「街と教会」は、作者の思い入れが少しだけ強く働いた作品です。よそ者の相良さんにとって石の街に根づいた教会がたくさんある文化は、もちろん不思議で好奇心を誘われるものですが、相良さんは、もっとずっと古い原初的な教会とプリミティブな壁画のほうに惹きつけられます。「街と教会」の最後では、雪の降り積もった森の中の樹上からすべり降りてくる一匹のリスと、それをじっと見ている樹上のフクロウの光景が挿入されます。ここではもう相良さんという中心的キャラクターさえ雪の降り積もる石の街に埋もれていくかのようです。そしてどこか特定の実在の街ではない「街」は、未だ遠いところにあるかのようです。ここではもはや、「街」こそが本書の隠れた語り手であったかもしれないという作者の新たな発見さえ垣間見えてくるようです。

「石の街」の文化と「木の町」の文化、それぞれの歴史、そこで暮らす人びとに連綿と培われてきたもろもろに想像力を働かせながら、一篇一篇を書き継いできたように思います。大人とも子どもともしれないよそ者の相良さんに仮託して、未だ遠いところにある「街」への旅だったかもしれません。たぶんそうでもあったのではないかと、いまは思います。

本書は、これまでにイタリアの現代作家、カルヴィーノの二冊の翻訳で大変お世話になった鳥影社さんによって形にすることができました。翻訳はカルヴィーノ文学の軌跡への関心から始まったとりくみでしたが、この度の短篇集は、カルヴィーノ文学の前半期にまとめられた『マルコヴァルドさんの四季』を意識しながら書き継いだことを、いま〝白状〟しなければなりません。カルヴィーノ文学の読者や研究者からは思わず失笑されそうですが、大人子どものような相良さんの設定や、「石の街」の四季折々を背景にすることを当初から考えて進めてきたことは確かです。いまは、上辺だけのまねごとで終始しない、「石の街」とよそ者相良さんの四季が、わたしたちのいま現在に通じていることを期待するばかりです。

以上のような経緯もあって、今回も鳥影社社長の百瀬精一氏にお世話いただくことになりました。心からの感謝とお礼を申し上げたいと思います。

二〇二四年　十二月

栢植　由紀美

〈著者紹介〉
柘植 由紀美（つげ ゆきみ）
2009 年 10 月から 2011 年 9 月までイタリア、トリノ大学文学部在籍。
訳書　イタロ・カルヴィーノ『ある投票立会人の一日』（鳥影社 2016 年）
　　　イタロ・カルヴィーノ『スモッグの雲』（鳥影社 2021 年）。
著書『天に架かる川』（近代文藝社 1994 年）『二つの坂道』（同時代社 2000 年）
　『空中物語』（同時代社 2004 年）『サトコと里子』（鳥影社 2018 年）他。

街と相良《ソーラ》さんの四季

2025年5月8日初版第1刷発行
著　者　柘植由紀美
発行者　百瀬精一
発行所　鳥影社 (choeisha.com)
〒160-0023 東京都新宿区西新宿3-5-12トーカン新宿7F
電話 03-5948-6470, FAX 0120-586-771
〒392-0012 長野県諏訪市四賀229-1（本社・編集室）
電話 0266-53-2903, FAX 0266-58-6771
印刷・製本　モリモト印刷

ISBN978-4-86782-146-6　C0093